SANGUE MARCIO

ANTONIO MANZINI

SANGUE MARCIO

PIEMME

Questo romanzo è un'opera di fantasia. Personaggi e situazioni sono invenzioni dell'autore e hanno lo scopo di conferire veridicità alla narrazione e sono quindi utilizzati in modo fittizio. Qualsiasi analogia con fatti, eventi, luoghi e persone, vive o scomparse, è puramente casuale.

Il romanzo è stato precedentemente pubblicato da Fazi nel 2005.

Pubblicato per

PIEMME

da Mondadori Libri S.p.A.

ISBN 979-12-238-0069-0

I Edizione giugno 2025

Anno 2025-2026-2027 - Edizione 1 2 3 4 5 6 7 8 9 10

Prefazione

di Antonio Manzini

Sono passati vent'anni da quando Niccolò Ammaniti mi suggerì di far leggere a una sua cara amica, Martina Donati, che lavorava in una casa editrice, quello che sospettavo fosse un monologo teatrale e che all'epoca non aveva neanche un titolo. «Ma sei sicuro Nic?» «Al massimo cosa vuoi che succeda? Non te lo pubblicano. Sai che dolore.» Vero, certo, chi mai pensava a pubblicare libri all'epoca? Facevo un altro lavoro, scrivevo al massimo per il cinema e la televisione, e recitavo. Così fra il serio e lo sfacciato glielo mandai, certo dell'assoluto fallimento dell'operazione. Invece Martina e Massimiliano Governi, editor e scrittore di grandissimo livello, mi rivelarono che avrebbe potuto essere un buon romanzo.

Un romanzo.

Di che parlano? pensai. Io i libri li compravo e li leggevo, mai avrei pensato di pubblicarne uno. Figuriamoci. Nic mi disse: «Visto? Provaci, no?» C'era da lavorarci sopra, così ci provai e venne fuori *Sangue marcio* (per la cronaca, il titolo pure è di Niccolò). E lo pubblicarono per davvero. E io lo andai a guardare sullo scaffale delle novità alla libreria Feltrinelli di largo Argentina, controllando che le copie fossero tutte uguali (!). Ricordo anche che lo infilai nel cestino di un signore che stava acquistando un sacco di altri romanzi, e che si ritrovò anche quello a casa. Chissà a cosa avrà pensato.

Ecco, la mia fortuna l'ha voluta Martina, perché pubblicare il primo libro è stata un'epifania, ho scoperto un amore incosciente, azzardato, fors'anche patologico per un mondo, quello dell'editoria, che mi ha accolto a braccia aperte senza che io mai glielo avessi chiesto, che mi è venuto incontro cambiandomi l'esistenza, più nel bene che nel male, fortunato me, e che ancora mi accompagna nelle vicissitudini della vita. Il mondo dove si possono raccontare le più grandi bugie e farle passare per verità. Io che facevo teatro, cosa potevo cercare di meglio? E il regalo che mi è stato fatto non lo potrò mai ricambiare, lo so, e per questo mi sembrava, ci sembrava anzi, cosa buona e giusta e bella e emozionante ripubblicare *Sangue marcio* insieme, io e Martina, vent'anni dopo, un po' invecchiati, un po' acciaccato, io, per renderci conto che abbiamo camminato un sacco e avuto esperienze più e meno belle e che questo libro per me ha rappresentato l'inizio di un'avventura magnifica, per Martina, spero, l'inizio di una marmorea amicizia.

La mia gratitudine va anche a Kicca Tommasi per la splendida copertina.

Non ho cambiato una parola, neanche la dedica e i ringraziamenti. Ho preferito lasciarlo così com'era stato pubblicato da Fazi nel 2005. Spero piacerà a chi all'epoca non ha avuto modo di leggerlo.

Giugno 2025

A Toni.
Nonostante siamo su strade senza indicazioni,
lei sa sempre dove girare...

E quando i miei anni
avranno danzato sino alla fine,
d'un milione di gocce di sangue
si coprirà la traccia
che conduce alla casa di mio padre.

V. Majakovskij

Nel caos primordiale, quando nuvole di gas velenose correvano intorno ai geiser sputati dalle temperature infernali della terra, delle molecole vagavano solitarie nell'aria impestata di miasmi. Un lampo accidentalmente unì le particelle di idrogeno e ossigeno che avrebbero dato vita all'acqua, e dentro quell'acqua organismi monocellulari cominciarono a riprodursi. Era cominciata la vita. È nata così, casualmente. E altrettanto casualmente finirà. Almeno su questo pianeta. Un meteorite, lo scioglimento di ghiacci o la salinificazione dell'acqua – basta cambiare di pochissimo la percentuale di salinità degli oceani per congelare l'intero emisfero boreale. Siamo appesi a un filo. E io non faccio che ricordarlo, questo fatto. Non c'è un Dio. C'è la natura. E la natura siamo noi. Quindi è una partita che ci facciamo in casa.

20 marzo 2002, mercoledì. Ore 05.13

È la quarta che trovano. Buttata come un sacchetto di rifiuti in mezzo ai rovi. Una busta di plastica intorno alla testa chiusa con lo scotch intorno al collo. Gli occhi sbarrati nell'ultimo disperato tentativo di rubare l'aria. Le mani legate col fil di ferro. Nuda dalla vita in giù. E un grumo di sangue rappreso in mezzo alle gambe. Anche stavolta l'ha cucita.

Quando ero bambino mi terrorizzavano un sacco di cose. I mostri con gli artigli nascosti nel buio o sotto il letto, pronti a saltarmi addosso. L'uomo nero o la vecchia con gli occhi di luce che entravano nella stanza facendo scricchiolare le porte e gli armadi. Il bosco di notte, coi rami che erano braccia pronte a catturarmi. I respiri di bestie veloci con i denti a sciabola che uscivano dai cespugli nelle notti di luna piena. I bambini senza occhi nascosti negli specchi, i morti acquattati dietro tronchi muschiosi, le ombre che ti inseguivano per il corridoio e ti potevano succhiare via. Esseri deformi che popolavano il mondo al calare della luce invadendo la terra e i miei incubi. Silenziosi e senza forma, bui...

Poi col passare del tempo ho imparato che il buio era diventato meno buio. Col buio ci si può parlare. E ci stavo bene.

Mi sono sempre fidato solo di mio fratello. È più grande di me di tre anni. Aveva finito le scuole medie, mentre io le avevo appena iniziate.

Abitavamo in una grande casa circondata dai boschi, fuori città. Ogni mattina papà ci portava a scuola con la macchina. Mia madre ci veniva a riprendere. Pranzavamo, facevamo i compiti. Poi io me ne andavo da Giuseppe, il mio amico che abitava proprio nella casa accanto alla nostra. Mio fratello Massimo se ne andava al bar dove ci stavano i suoi amici con i motorini.

Ero un bambino ricco. La mia stanza era piena di giochi. Ero l'unico ad avere il computer Atari e giocavo a Space Invaders. Tu eri un cannone spaziale e dall'alto calavano orde di marziani e astronavi nemiche che volevano farti la pelle. Dovevi sparare come un pazzo e evitare le bombe che gli invasori ti tiravano addosso.

In giardino avevamo anche il campo da tennis e veniva Alfredo per darci lezioni, a me e a mio fratello.

Mio fratello suonava il pianoforte, io giocavo a calcio. Mi piaceva Francesca, la sorella di Giuseppe, ma non riuscivo a dirle nemmeno una parola. Aveva quattro anni più di me e mi considerava meno di un soprammobile rotto. Era bruna, aveva gli occhi neri, i capelli lisci e le Adidas. Da grande voleva fare la veterinaria.

Quando a casa c'erano le cene di papà, io e mio fratello non potevamo restare svegli. Dovevamo andarcene in camera nostra al piano di sopra a dormire. Per spiare i grandi, aspettavamo che Rosolina si addormentasse. Rosolina era la donna di casa. Veniva dall'Abruzzo, parlava male e io non la capivo. Puzzava e io la odiavo. Appena si metteva a russare, scendevamo dal letto e a piedi nudi uscivamo dalla stanza. Ci mettevamo seduti sul primo gradino della scala che portava giù, al salone, in silenzio, e ascoltavamo i discorsi dei grandi. Parlavano di soldi e investimenti. Ma non capivo tanto. Riuscivo però a sbirciare le amiche di mia madre che attraversavano il salone con i bicchieri in mano e ridevano con i denti bianchi. Erano belle ed eleganti. Tutti gli amici dei miei genitori erano belli ed eleganti. E non si immaginavano che al buio, dalla sommità delle scale, io e mio fratello non ci perdevamo una battuta, una parolaccia, una coscia scoperta. Quando mi ero riempito gli occhi, me ne andavo a letto pensando alle amiche di mia madre.

Mia madre la mattina non si svegliava mai. Prendeva un sacco di medicine. Poi il pomeriggio saltava in macchina e se ne andava in giro per negozi o a trovare le amiche in città. La sera aveva sempre un bicchiere in mano. Spesso gridava con papà, ogni tanto sfasciava i piatti e le tazzine tirandole sui muri e sul pavimento della cucina. Io non capivo perché. Aveva tutto, poteva fare quello che desiderava.

Mio padre aveva una fabbrica. Faceva i sanitari per i bagni. Era bravo e aveva un sacco di operai che lo chiamavano «dotto'». Qualche volta lo andavo a trovare. Gli operai ci davano del lei, a me e a mio fratello, perché papà era un uomo importante. Io e Massimo da grandi volevamo essere come lui.

Papà era più grande di mia madre di almeno dieci anni. Aveva fatto la guerra. Però non ce ne ha mai parlato. Perché lui la guerra l'aveva persa. E credo se ne vergognasse. C'era una foto nel suo studio, a casa. Portava una divisa scura con un baschetto e aveva diciannove anni. Al collo un mitragliatore più grosso di lui e stava in fila, col petto in fuori, insieme a ragazzi della sua età. Io sapevo che quelli della foto erano tutti morti.

Ero un bambino felice. Facevo le cose che fanno tutti i bambini felici.

Questo fino al 12 ottobre 1976.

Nel cielo c'erano le prime nuvole che annunciavano l'inverno. Un vento freddo muoveva i rami degli alberi davanti casa. Il sole era appena spuntato ma non si vedeva. Si sapeva che era lì, ma non scaldava. Sembrava il tuorlo di un uovo in camicia.

«Dài vestiti Pietro che è ora!» urlò mio padre dal piano di sotto. Le coperte puzzavano ancora di sonno, e la forza di andare a scuola proprio non mi veniva. C'era il compito di matematica, che dopo le poesie a memoria era la cosa più noiosa che esisteva.

«Pietro siamo in ritardo. Forza!»

Scesi dal letto e mi infilai le ciabatte. Erano fredde come due sogliole surgelate. L'acqua del rubinetto ci metteva un po' a diventare calda. Massimo era già vestito e si stava lavando i denti.

«Dai culone, datti una mossa. Se faccio tardi a scuola per colpa tua ti stacco i denti uno per uno» disse gorgogliando dentifricio dalla bocca.

Se mio fratello minacciava, c'era solo una cosa da fare: sbrigarsi.

Il citofono gracchiò violento e improvviso. Mi buttai l'acqua tiepida sul viso. La Pasta del Capitano in bocca la mattina fa veramente schifo. Hai voglia di una cioccolata calda e dolce e ti prendi invece una zaffata di menta gelata.

Uscii dal bagno e vidi mio fratello che stava impietrito sulle scale. Aveva un piede sul primo gradino, il resto del corpo s'era ancorato alla balaustra. Sembrava la statua di un museo. Guardava in basso, verso il salone. Tremava. Girò lentamente il viso verso di me. Aveva gli occhi enormi e terrorizzati di un animale braccato.

«C'è la polizia... che vogliono?» La voce era una gelatina molle e umida di pianto.

Mi avvicinai alla scala e guardai giù. Era vero. C'erano due agenti di polizia. Un terzo signore con l'impermeabile leggeva qualcosa a mio padre che se ne stava in piedi davanti a lui. Scendemmo qualche scalino, piano, senza far rumore. Da quella nuova posizione riuscii a vedere la faccia di papà. Era bianca e guardava l'uomo con l'impermeabile. Mia madre invece s'era tirata giù dal letto e con gli occhi pesti guardava le divise dei due agenti come fossero la continuazione di un suo incubo etilico. Rosolina stava in piedi, sulla porta della cucina e teneva in mano la tazzina col caffè per mio padre.

«In base alla denuncia...» era quello con l'impermeabile che parlava «...e ai riscontri degli inquirenti...» riuscii ad afferrare «dottor Sini la dichiaro in arresto.»

La tazzina cadde dalle mani di Rosolina che scoppiò a piangere. Il caffè schizzò sui muri e rimase lì, come sangue rappreso. Mia madre si guardava intorno e non riusciva a parlare. Uno dei due agenti si avvicinò a papà. Aprì le manette. Mio padre lo guardò.

«No... vi prego, quelle no. Vengo senza.»

L'agente guardò l'uomo con l'impermeabile che gli fece un cenno di assenso. Poi insieme al collega prese mio padre sotto le ascelle e lo portarono via.

«Mi dispiace signora...» fu tutto quello che disse l'uomo con l'impermeabile.

Poi girò i tacchi e uscì.

Appena si chiusero la porta alle spalle, ci fu un urlo terribile. Mia madre cadde sul divano e si coprì la faccia col cuscino.

«Che vergogna... dio mio che vergogna... chi ho sposato? Chi ho sposato?»

Massimo si era accasciato su un gradino. Io lo imitai e mi sedetti accanto a lui. Alzò il viso, con gli occhi rossi. «Se dici una sola parola di quello che hai visto è meglio se ti vai a nascondere in Tibet!»

«Vatti a nascondere in Tibet» significava che la cosa era molto, molto grave e che Massimo, chissà perché, era pronto a scaricare su di me tutta la sua rabbia.

La prima volta che lo disse eravamo al bar dei suoi amici. Massimo si faceva un giro in motorino. Io lo vidi.

«Mas!» lo chiamai. «Non puoi andare sul motorino. Papà non vuole! Lo dico a papà.»

«Tu fallo, però poi vatti a nascondere in Tibet.» Chiaro che a mio padre non dissi nulla.

La seconda volta lo disse a Marezza. Marezza aveva visto Massimo fumare nel bagno della scuola e nonostante Massimo gli avesse detto «se lo fai, meglio che ti nascondi in Tibet» aveva spifferato tutto alla professoressa di italiano. Massimo tornò a casa con una nota e la sospensione. Poi due giorni dopo andò a prendere Marezza davanti alla scuola. Lo pestò a sangue. Lo spogliò e gli buttò i vestiti nel Parma lasciandolo nudo in mezzo alla strada col naso sanguinante. Marezza avrebbe fatto meglio ad andare a nascondersi in Tibet.

Quella mattina del 12 ottobre saltai il compito di matematica.

Mia madre se ne stava chiusa in camera. Ci rimase per tre giorni. Io e Massimo ci sentimmo molto soli in casa. Potevo solo andare in giardino, perché fuori dal cancello di casa s'erano accampati i giornalisti. In più, non si poteva guardare la televisione. Per fortuna c'erano le rane che vivevano intorno alla piscina chiusa con un telone. Le cospargevo di alcol, poi con un accendino gli davo fuoco. Vedevi saltare una fiamma per il prato finché si fermava e si spegneva. Voleva dire che la rana era bruciata tutta. Se lo si fa di notte è ancora meglio.

In tre giorni ne giustiziai ventitré.

«Voglio andare a scuola, Rosolina, perché non posso andare a scuola?»

«Mo' nen te mette a accementà a mammà... a la scole nen ce po jè. Quande mamma te dice ca ce po jè, allore ci vi» e Rosolina se ne tornava in cucina coi piatti sporchi.

Fuori, davanti al cancello, i giornalisti che ci assediavano erano in sei.

Asio, il nostro giardiniere, segava dei rami. Andai a guardare. Non usciva il sangue.

«Poi ricrescono, meglio di prima e più forti... si chiama potare.»

«Asio, che è successo a papà?»

Guardò il cielo plumbeo, poi i giornalisti che fumavano accampati dietro le sbarre del nostro cancello, infine abbassò lo sguardo su me. I suoi occhi azzurri erano teneri e liquidi, si chinò per starmi più vicino, abbassò la voce e mi spifferò in un orecchio: «Niente Pietro. Sono cose finte. Tuo padre non ha fatto niente...»

Riprese a tagliare le braccia degli alberi.

Alfredo non veniva più a darci le lezioni di tennis, e io e Massimo ci facevamo i palleggi da soli.

«Allora come va?» C'era un ragazzo appollaiato sulla rete di recinzione. Aveva un giubbotto d'aviatore e la sigaretta in bocca. Non l'avevamo sentito arrivare. «Giocate bene... bravi!»

«Chi... chi è lei?»

«Sono Giorgio, un amico di mamma... posso?» fece per entrare.

«Nel campo si può entrare solo con le scarpe da tennis» gli urlò Massimo.

Giorgio si guardò i piedi. Aveva degli stivali inzaccherati. Ci sorrise.

«Quando andate a trovare papà?»

«Non lo so... tanto fra un po' torna a casa» gli dissi.

«Certo è proprio una sfortuna nera...» e si mise a cavalcioni sulla rete di recinzione. «Andava tutto bene e poi... all'improvviso... mah. Vedrete che tornerà a casa presto. Vi manca, eh?»

Massimo chinò la testa e cominciò a colpire le sue scarpe da tennis con la racchetta.

«Non si sa neanche perché l'hanno portato via...» disse mio fratello a voce bassissima.

«Oh no, Massimo... tu sei Massimo, vero?» Mio fratello annuì. «E tu Pietro, no? Si sa eccome... ma secondo me è innocente. Secondo voi?»

Mi avvicinai alla rete e tirai un colpo nel campo di mio fratello. «Certo. Papà è innocente... pure secondo me.»

«Incredibile...» disse Giorgio e buttò la sigaretta a terra. «Non si può stare tranquilli. Chi ci pensa alla fabbrica adesso, mamma?»

Massimo lo guardò storto. «Se sei amico suo lo sai, no?»

«E no. Vostra madre non mi dice niente.» Si accese un'altra sigaretta «Voi siete ancora troppo piccoli per occuparvene. Sapete una cosa? Io oggi vedo vostro padre. Volete che gli dica qualcosa da parte vostra?»

«Sì, sì! La prego!» ci avventammo su quell'uomo. «Gli dica che ci manca tanto, e che lo rivogliamo a casa...»

«Che io ho fatto i compiti che dovevo fare e che Massimo mi ha nascosto il Monopoli!»

«Non è vero!»

«È vero. Sei stato tu!»

«Non mentire mai Massimo» disse Giorgio. «Devi sempre dire la verità, lo sai?»

«La dico sempre!» rispose Massimo, offeso.

«Ah sì? Allora, vi va di fare un gioco? Il gioco della verità?»

«Va bene» lo sfidò mio fratello. La cosa si stava facendo divertente.

«Voi avete una casa al mare?»

«Certo. In Liguria. È bellissima.»

«Bravo Massimo. È vero. Una verità. Seconda domanda. E ci andate ogni estate?»

«Certo, ogni estate per tre mesi. Ho un sacco di amici là...»

«Due verità. Complimenti. Vediamo... terza domanda... nessuno di voi ci va d'inverno?»

Ci guardammo. Non ci risultava.

«No. Nessuno» dicemmo, quasi in coro.

«Ah!» urlò Giorgio. «Prima bugia... qualcuno ci va. Vostro padre, per esempio, ci andava.»

«Può essere... forse sì... ma per fare le riparazioni...»

«Non solo Massimo, non solo... vabbe' bravi! Siete due ragazzi che dicono la verità. A scuola ci andate?»

«Niente da tre giorni. Mamma non ci manda. Ha detto alla preside che siamo malati.»

«E secondo te è così?»

Massimo ci pensò su. Mi guardò. Poi guardò Giorgio.

«La verità? Secondo me si vergogna... per quello che ha fatto papà.»

«Ma se non ha fatto niente, perché dovrebbe vergognarsi?» Era vero. Giorgio aveva ragione.

«Infatti» ammise Massimo.

«Forse... ha... ha paura» azzardai.

Giorgio ci guardò. Aveva cambiato espressione. Ci stava fissando, serio. Sembrava che stesse dando un'occhiata ai nostri pensieri.

«Vostro padre vi ha mai... diciamo... si è mai avvicinato a voi con...»

«Cosa ci fa lei qui?» urlò mia madre dalla veranda. Giorgio si girò di scatto.

«Niente signora. Due chiacchiere con i suoi figli!»

«Se ne vada! Se ne vada o chiamo la polizia!» Giorgio non era amico di mia madre.

«Vado... vado subito» scese dalla rete di recinzione. Estrasse rapido, chissà da dove, una macchina fotografica. Scattò una foto a me e Massimo.

«Che sta facendo?» urlò mia madre mentre si avvicinava a passi decisi verso il campo da tennis «Asio... Rosolina, presto!» urlò verso casa.

Ma Giorgio fu rapidissimo e scattò una foto anche a lei. Poi si dileguò fra i bossi. Lo sentimmo scavalcare il muro di cinta mentre Asio accorreva con una roncola in mano. Mia madre ci corse incontro.

«Che voleva? Che vi ha detto?»

«Ha detto che era amico tuo!» le dissi.

Erano tre giorni che non la vedevo. Aveva i capelli sporchi e in disordine, una vestaglia tutta spiegazzata e le occhiaie profonde e nere. Sembrava invecchiata di qualche anno.

«Vi ha detto qualcosa di papà?»

Con gli occhi bassi facemmo segno di no. Asio si grattava la testa. Mia madre era in lacrime. Ci abbracciò. Puzzava di alcol.

La mia stanza era quattro metri e sette per sei metri e quarantanove centimetri. Avevo centoventuno libri, quarantasette giochi in scatola, ventuno quaderni, centosessanta pennarelli Grinta, tre scatole di matite Giotto e trecentosessantanove soldatini Airfix. Avevo contato tutto. Non sapevo più cosa fare. Non avevo voglia di giocare a Space Invaders. Non potevo vedere più Giuseppe, né Francesca. Chiuso dentro, sembrava che mi avessero messo in prigione insieme a mio padre.

20 marzo, mercoledì. Ore 06.30

Le sei e mezzo. Ha piovuto tutta la notte. Nel cielo sfrecciano le nuvole rincorse da un vento freddo. La piazza davanti casa di Pietro Sini si anima già dalle cinque. Ci sono le bancarelle del mercato. Cassette di frutta e verdura vengono accatastate tra i fischi e i richiami dei venditori. Vengono dalle campagne intorno all'Aquila. Sono contadini abituati a svegliarsi molto presto. Vivono di questo e non possono preoccuparsi di non infastidire i signori della città. Pietro si alza dal letto. Si affaccia alla finestra e guarda quel traffico di mani, fiati, sigarette accese, caffè nei bicchierini di plastica. Di solito scende giù per primo a fare la spesa.

Il telefono si mette a suonare.

«Pronto?»

«Pietro sono De Biase...» è il caporedattore «ti mando di corsa a Fontanefredde... pare che ci risiamo...»

Pietro si dà una pettinata ai capelli lunghi quasi

fino alle spalle. Li porta così da quando ha lasciato l'istituto. Il suo viso magro e spigoloso si riflette sul vetro ghiacciato della finestra.

«Vado da solo o mi porto Mutti?»

«Viene pure Mutti. Voglio le foto. Anzi guarda che passa lui con l'auto di redazione a prenderti tra... tra cinque minuti direi. Aspetto il pezzo al giornale.»

Pietro è in bagno. Si passa lo spazzolino dei denti dall'alto in basso, lento e regolare. Tiene il dentifricio in bocca per un minuto. Lo sputa e si sciacqua con il collutorio. Poi si lava velocemente. Asciuga le macchioline d'acqua dal lavandino. Soddisfatto lascia il bagno pulito e in perfetto ordine come l'aveva trovato.

Si infila il giaccone pesante col collo di pelo, si mette i guanti. Dà un'occhiata all'appartamento. Gli sembra che ogni cosa sia al suo posto. Prende le chiavi ed esce.

Il vento gelido gli sferza la faccia. L'Aquila è una delle città più fredde d'Italia. A est il Gran Sasso imponente, bianco di neve e coronato da nuvole grigie e pesanti è perfettamente visibile sotto il cielo che sa ancora di notte. Un paio di passanti frettolosi supera il portone di Pietro, in corso Federico II, al 45. Pietro si alza il bavero. Un tremito gli passa nelle ossa. Mutti con la Clio scassata del giornale ancora non si vede. Pietro guarda il fornaio che sta aprendo la saracinesca. Il rumore di ferraglia riempie la via del centro storico.

«Buona giornata dottore» gli urla il panettiere.

Una confidenza non richiesta. Pietro non ci metterà più piede lì. Non si danno confidenze ai clienti. Il cliente compra, paga, lo si saluta e finisce lì. Non si chiede al cliente «il solito?» perché Pietro di sicuro cambia negozio o addirittura abitudini. Il solito non esiste, mai. Non ha mai sopportato che qualcuno o qualcosa potesse mettersi di traverso nella sua vita. Anche un panettiere che pretende di sapere quanto e che tipo di pane comprerà.

Sbuffando come una pipa, raggiunge l'incrocio con via XX settembre dove è più facile arrivare con la macchina.

La marmitta sfondata e fumosa della Clio rimbomba per il corso. I freni stridono lamentandosi. Mutti si ferma e apre la portiera.

«Allora Pietro come hai dormito?»

«Per piacere... per mezz'ora non mi parlare» gli dice. Quello si azzittisce. Mutti obbedisce quasi sempre. È un fotografo del giornale da trent'anni e non è una cima. Per fotografare fotografa bene. Ma più in là non va.

La macchina attraversa il centro storico della città ancora accoccolata sotto le coperte e percorre la provinciale verso Fontanefredde.

La strada è uno specchio di pozzanghere. Il traffico è scarso. Lontano, le montagne si stanno colorando d'azzurro, sui fianchi e sui crinali i boschi neri sono adagiati come una coperta. Fontanefredde è a una decina di chilometri dalla città, non più di dieci minuti.

«L'hai preso il caffè?»

«Macché» risponde Mutti.

«Perché non ci fermiamo al benzinaio? Tempo ne abbiamo.»

«Comandi...» risponde il fotografo e mette la freccia. Scendono dall'auto. La corona di montagne nasconde il sole che screzia d'ocra la pancia delle nuvole. L'aria è più sottile. Il silenzio è rotto solo dai pochi camion che passano alzando spruzzi d'acqua.

Il bar è pieno di gente. Camionisti, operai, fumo e puzza di vino. A Pietro l'odore dell'alcol non è mai piaciuto. È una cosa da deboli, ha sempre pensato, da sconfitti.

«Due caffè... uno macchiato freddo» dice al cassiere pagando.

Quello urla l'ordine al barman che schizza davanti alla Faema a pressione come un meccanico della Ferrari al pit-stop. Pietro e Mutti cercano di farsi strada tra la folla che assiepa il bancone. Riescono a infilarsi sgomitando e si guadagnano una ventina di centimetri.

«Due caffè, uno macchiato freddo...» dice il barista sbattendo malamente le due tazzine davanti a loro.

Pietro lo guarda duro. Come se volesse aggredirlo. Poi la luce minacciosa negli occhi si spegne.

Ma il fotografo, sebbene non brilli di intelligenza, quella luce negli occhi del giornalista l'ha notata. «Qualcosa non va?»

«No... è tutto a posto, Mutti. Tutto a posto» dice. E sorseggia il caffè.

Alza lo sguardo sulla specchiera che sta alle spalle del bancone e vede una donna riflessa laggiù, fra gli scaffali, mentre mette a posto dei dolciumi. Sotto la divisa dell'Agip nota che ha un corpo fatto proprio bene. Le curve sono nei punti giusti, e il seno è proporzionato alle spalle.

«Mica male la tipa, eh?» anche Mutti l'ha notata.

La ragazza si gira verso la sala. Ha il naso gibboso e due nei enormi sulla guancia destra. Sorride a un cliente che è appena entrato. Le manca anche un dente. Ma è serena, riposata, e sembra non abbia altri pensieri per la testa se non mettere a posto le caramelle balsamiche.

«Mamma mia...» dice il fotografo appena vede il viso della ragazza «che peccato... un bel corpicino sprecato, dico bene?»

Ma Pietro non risponde. Poggia la tazzina sul bancone e si avvia all'uscita. Mutti lo segue come un cagnolino aggiustandosi frettolosamente la sciarpa intorno al collo.

Che palle questo, pensa, non si rilassa mai...

«Lui è Pietro Sini e da oggi farà parte di questa classe. Dategli il benvenuto» disse il preside guardando i ragazzi che se ne stavano seduti ai banchi con le braccia conserte. Sorridevano tutti. Ma era un sorriso sinistro. Niente di cui fidarsi.

«Vieni con me Pietro... Ti siedi qui, accanto a Diego...»

Mi portò all'ultimo banco che stava in fondo alla classe, attaccato alla cartina geografica dell'Europa.

Diego non spostò il suo corpo grasso e brufoloso neanche di un centimetro. Mi rincattucciai in un angolo del banco.

«È meglio che cambi posto, nano!» mi sibilò in viso.

«Buon lavoro a tutti...» disse il preside e uscì dalla classe.

«Salutate il signor preside» ordinò la professoressa Gizzi dalla cattedra.

«Arrivederci signor preside!» fece la classe in coro.

Il calendario sotto il crocifisso segnava la data del 22 ottobre. La scuola era in un'altra provincia, lontana un'ora di macchina da casa mia. Guardai i miei compagni seduti. Appena il mio sguardo cadeva su uno di loro, quello si girava di scatto verso la professoressa. Mi stavano osservando. Mi studiavano. Mi sentivo un virus sul vetrino di un microscopio.

«Bene... allora do il mio benvenuto a Pietro...» mi sorrise la professoressa. «Oggi lo sapete devo interrogare...»

Un silenzio di tundra scese fra le mura dell'aula.

«...e vorrei cominciare da Rispoli...»

Il mio compagno di banco si alzò. Chi sta seduto in fondo alla classe è scarso oppure alto. Diego era tutt'e due.

«Allora Diego... facci fare bella figura col nuovo venuto.» Diego mi guardò. Se avesse potuto incenerirmi, l'avrebbe fatto.

«Cominciamo con... le province dell'Abruzzo.»

Diego guardò il banco. Sudava. La sua facciona

rossa come una boa spuntava dal maglione a collo alto.

«Allora...» disse. Ma si azzittì subito. La classe lo guardava sorridendo. Pregustavano la caduta rovinosa di Diego Rispoli il brufoloso. La domanda era facile. Si vedeva dai loro sorrisi che la sapevano tutti. Infatti in tre alzarono il braccio per rispondere.

«No. Lo voglio sapere da Diego... allora? Dai Diego è una domanda facile!»

«Allora» riprese Diego con coraggio «le province dell'Abruzzo sono L'Aquila...» e una. Tirai un respiro di sollievo. «Pescara... Ascoli Piceno...»

«Attento Rispoli» lo interruppe la Gizzi «Ascoli Piceno è nelle... è nelle...»

Diciotto braccia si alzarono per dare la risposta. La professoressa guardò un biondino in prima fila. «Guarducci dillo tu!»

«Nelle Marche!» urlò.

«Bravo Guarducci! Un più a Guarducci. Un meno a Diego. Allora Diego sto aspettando.»

«L'Aquila... Pescara...»

«E queste le abbiamo capite...» risero in sette.

La professoressa abbandonò la cattedra e si avvicinò al banco. Era alta e magra e barcollava un po' sui tacchi. Guardava minacciosa Diego che grondava sudore come una pentola a pressione.

«Diego ma vuoi essere bocciato all'inizio dell'anno o ti decidi a dirmi le province dell'Abruzzo?»

«Isernia!» sparò alla cieca.

La classe scoppiò a ridere. La professoressa Gizzi azzittì tutti con un gesto. Mi guardò.

«Pietro, tu lo sai dov'è Isernia?»

Una botola si aprì sotto i miei piedi. Per saperlo, lo sapevo. Ma come l'avrei messa dopo con Rispoli? Non potevo però presentarmi male il primo giorno di scuola.

«In Molise professoressa. L'altra provincia è Campobasso.» Avevo esagerato. Gli occhi di Diego erano due saette.

«Bravo Sini. Un più a Sini. Anzi due. E un altro meno a Diego. Diego!» e gli si fece davanti guardandolo severa. «Ti rendi conto che tutti lo sanno e tu sei l'unico somaro a non conoscere le province dell'Abruzzo? Allora ragazzi, insieme» e tutti declamarono «L'Aquila Pescara Teramo e Chieti». Diego si grattava la testa. Tutti sorridevano.

«Allora Diego? Intanto ti becchi un altro meno. Ora ti do un'altra possibilità...» l'occhio della Gizzi divenne freddo. Sembrava un crotalo. Prese Rispoli per un orecchio e lo portò alla cattedra. Proseguiva l'umiliazione del ciccione.

«Ecco, qui davanti a tutti!» Si sedette a cavalcioni sulla cattedra. Aveva delle belle gambe. «Voglio sapere le province della Sicilia!»

Un «ooohh» si sollevò dalla classe. Figuriamoci. Era una domanda che sarebbe rimasta senza risposta e tutti, la Gizzi in testa, lo sapevano. Diego esplose in un pianto a dirotto.

«Non piangere imbecille! Dimmele!» scattò in piedi la Gizzi.

Diego riuscì a calmare i singhiozzi. «Palermo» cominciò «Catania... Catanzaro, Benevento e...»

«Stop! Meno! Meno! Meno! E ancora un meno a Rispoli!» urlò la Gizzi, quasi liberata, felice, sorridente. La débâcle della sua vittima era totale. «Catanzaro!? Benevento! Ma dico, sei ubriaco? Meno. Ti porti un due a casa e lo rivoglio firmato da tuo padre! Vai a posto!»

«No, per piacere... da mio padre no...» bofonchiò il ciccione fra le lacrime.

«È così! E vediamo se cambiano le cose! Vai a posto!»

Dal banco di fronte al mio si girò una brunetta. «Capirai, il padre lo ammazza di legnate!» mi informò.

Diego tornò con la testa incassata nelle spalle. Tutti lo guardarono in silenzio. Si mise seduto e si asciugò le lacrime con la manica del maglione.

«Fuori ti spacco la faccia...» mi disse senza guardarmi.

Suonò la campanella dell'ultima ora. Sedie e banchi si trascinarono rumorosamente sul pavimento rigato dell'aula. Tutti si precipitarono verso la porta. Rimasi seduto a guardare Rispoli che si alzò, prese la cartella. Poi mi disse: «Ti aspetto fuori!» e uscì dall'aula.

«Sini vieni qui un secondo» mi chiamò la Gizzi. Andai alla cattedra. «Domani ti voglio sentire per capire la tua preparazione e sapere dove sei arrivato col programma. Guarda che non è un'interrogazione. Solo per capire... va bene?»

«Va bene professoressa. A domani.»

Uscii per ultimo. Fui superato da ragazzi che correvano verso il pomeriggio libero. Sulle scale incrociai Massimo. Aveva un occhio nero e lo accompagnava un professore. Mi superarono e mio fratello non mi guardò neanche.

Mia madre era davanti al cancello. Vide Massimo e non disse niente. Lo fece salire sull'auto. Poi si andò a sedere al posto di guida.

Mi ero dimenticato Rispoli. Che mi aspettava alla fine delle scale con altri due. Appena mi vide fece un cenno ai suoi amici. Si mise in attesa. Le gambe mi si erano indurite. Il cuore rimbalzava nelle orecchie. Dovevo scendere. Andare verso Diego. Man mano che mi avvicinavo, gradino per gradino, Rispoli diventava sempre più grande. Non c'era niente da fare. Né da discutere. Anche se di discutere io non ne avevo voglia. Volevo solo andare a casa a ripassare e a far fuori un po' di rane. Diego era un ostacolo. Arrivato a due gradini dal ciccione mollai un calcio. Ero più in alto di lui e lo presi su un orecchio.

«Ah!» urlò.

Mi arrivò una scarica elettrica nella pancia e mi venne da sorridere. Gliene sparai un altro sul petto e quello cadde all'indietro. Potevo andar via, considerare la cosa chiusa lì, ma lo sapevo, lo sentivo, dentro qualcosa aveva mollato i freni. Come un pullman su una discesa, non mi potevo più fermare. Volai sopra Rispoli e picchiai come mai avevo fatto in vita mia. Più urlava come un maiale, più mi divertiva pestarlo. Intorno gridavano, ci incitavano, ma io guardavo solo il suo faccione rosso. E decisi che sarebbe stato bello vedere il sangue uscire dal naso. Bastò un pugno preciso. Quello rantolò e si chiuse per terra come un riccio. Piangeva e perdeva sangue. Io mi alzai. Era lì, a terra, in lacrime. Lo scalciai con tutte le mie forze. Poi qualcuno mi prese da dietro. Un uomo, era il bidello.

«Ma basta, no? Falla finita!»

«Pietro! Pietro vieni qui subito!» era mia madre che correva verso di me.

Mentre intorno genitori e ragazzi urlavano, io non riuscivo a staccare gli occhi dalla faccia tumefatta di Rispoli. Ero stato io a ridurla così.

Fui scaraventato in macchina. Massimo mi guardava. Aveva un'altra espressione, ma non per l'occhio nero. Proprio un'altra faccia.

Aprii il finestrino e urlai verso Rispoli, che era stato rimesso in piedi dai suoi amici: «La prossima volta vatti a nascondere in Tibet!»

Massimo mi diede una pacca sulla gamba. «Se picchi per primo picchi due volte. Bravo Pietro!»

Ero sul Monte Bianco.

Mia madre fece di tutto per tenerci nascoste le cose. E ci riuscì. Fino a Natale. Perché il 22 dicembre cominciò il processo. E ormai fra i miei compagni di scuola e qualche notizia alla televisione, avevo capito. Papà era nei guai seri. Volevamo andare a trovarlo, ma mia madre non ce lo permise. La mattina si alzava sempre più tardi, e in cucina si ammucchiavano bottiglie vuote di J&B. A scuola ci portava Asio con la sua macchina scassata che odorava di erba tagliata e terra. I miei vecchi amici non li vedevo più. Nessuno mi telefonava. Nessuno si faceva vivo. Francesca era sparita nella nebbia e a malapena ricordavo i suoi capelli. Massimo non andava più al bar.

Il Natale passò inosservato. Niente regali. Senza papà non era Natale.

Il 15 maggio ci fu la sentenza. Mio padre fu ritenuto colpevole insieme a due suoi amici. Nella nostra casa del mare, in Liguria, facevano delle feste insieme a dei ragazzi, più o meno della mia età.

Perdemmo tutto. Le case, la fabbrica, le macchine. Io e Massimo ci trasferimmo con mia madre a Milano. In una casa piccola e buia al primo piano, in viale Premuda. Là non ci conoscevano. Potevamo cominciare una vita nuova.

20 marzo, mercoledì. Ore 07.15

Fontanefredde è un piazzale panoramico conosciuto soprattutto da chi non ha una casa dove stare con la propria fidanzata. Sul lato ovest c'è un bel panorama che guarda tutta la città. A nord invece partono tre viottoli che si infilano sinuosi nel bosco.

L'umidità della notte impregna ancora le felci e le ortiche. La temperatura è un po' salita, e un fumo basso si leva dal terreno ancora zuppo di pioggia. Gli abeti svettano nascondendo il profilo delle montagne. C'è odore di funghi e una miriade di goccioline d'acqua cade dalle pigne smosse dalla brezza mattutina. La città con i suoi rumori è lontana. Si sente solo il vociare dei poliziotti intenti al lavoro, lo scatto dei flash e un cane che abbaia chissà da dove. Intorno al luogo dove giace la vittima hanno messo i nastri. Stanno esaminando il corpo della ragazza. Nudo, in mezzo ai rovi, con un sacchetto di plastica in testa e le mani legate col fil di ferro.

Un grumo di sangue in mezzo alle gambe, la pelle colore della morte.

Il commissario si china sul cadavere e lo guarda. Dietro di lui il medico legale Buratta fuma la pipa.

«Tanto non ci ha lasciato niente neanche stavolta, statene certi» dice guardando uno dei tecnici che cerca di recuperare qualcosa da sotto le unghie della vittima.

«Cazzo, un po' di ottimismo» gli dice il medico.

«Raffaele... l'ottimismo lo usano gli sfigati per consolarsi» risponde il commissario.

Poi si stropiccia il viso gonfio, con le borse sotto gli occhi. La barba lunga di due giorni. Una faccia spiegazzata.

«Commissario» lo chiama l'ispettore Cecere «c'è la stampa» e gli indica il viottolo all'ingresso del bosco dove Pietro se ne sta in piedi a guardare. Accanto il fotografo del giornale.

«Va bene. Digli che possono prendere le foto, ma non farli avvicinare. Porca troia!» urla verso un giovane agente «ma che cazzo fai idiota! Lo vedi dove stai camminando?»

Il giovane poliziotto si gela come se fosse su un campo minato. Poi si guarda la suola delle scarpe.

«Non hai calpestato la merda, imbecille. Sei esattamente dove non dovresti essere... a un metro dal cadavere. Ma dico, questi un corso l'hanno fatto o li prendono a cazzo di cane? Bene! C'è la stampa lì... andategli a dire che le uniche tracce trovate sul luogo del delitto sono quelle degli anfibi in dotazione alle forze di polizia!»

Si alza con tutta la sua mole e si allontana dai nastri gialli scansando nervosamente Cecere.
«Sono al commissariato!» urla un po' a tutti.

La suola di vero cuoio di Pietro pattina sul fango viscido e il giornalista si ritrova col sedere a baciare il terreno.
«Porca...»
«Te l'avevo detto di stare attento. Dammi la mano» dice Mutti.
«Faccio da solo, grazie» sussurra fra i denti Pietro tirandosi su. Mutti ridacchia.
«Che ti ridi? Lavora.»
Il fotografo si gira e comincia a scattare. Da quella posizione con un grandangolo avrebbero avuto un buon materiale. Il commissario Massimo Sini col passo stanco di chi porta troppa roba sulle spalle si avvicina al fratello che lo guarda negli occhi, stanchi e invecchiati.
«Ciao Pietro...»
«Ciao Massimo.»
«Fra cinque minuti arrivano pure le testate nazionali. Fammi parlare una sola volta.»
«Va bene...»
Il commissario si accende una sigaretta. Si avvia verso il parcheggio dove stazionano quattro auto della polizia, un'ambulanza e il furgone dell'obitorio. Pietro si guarda intorno. Osserva i poliziotti e i due barellieri che a fatica portano una bara di zinco verso il cadavere. La nebbiolina umida si è diradata e a terra appaiono le radici degli alberi. Guarda

le piante dei piedi della vittima. Livide, graffiate. Mutti fotografa attorcigliato come un boa constrictor in mezzo a rami e tronchi per avere una visuale migliore. L'ispettore Cecere si avvicina.

«A tuo fratello gli rode.»

«Vorrei vedere. Con questa sono quattro e in mano non ha niente. O no?»

«Mi sa di no... ancora niente... vuoi?»

«Non fumo grazie...»

Stanno rigirando il cadavere. Un poliziotto col camice sta prendendo qualcosa con delle pinzette.

«È che qui non siamo attrezzati. Abbiamo chiesto aiuto a Bologna e ci hanno mandato quei due, vedi? Quelli col camice bianco. Sono bravi, pare i migliori. Ma non se ne tira fuori niente...»

La bara di metallo con dentro il corpo della ragazza esce dal bosco, verso il furgone. Mutti scatta le foto.

«Ci siamo scelti un mestiere di merda... noi poliziotti siamo buoni solo a raccattare i corpi e a seppellirli, come le formiche. Voi giornalisti come gli avvoltoi a nutrirvi dei cadaveri... ma dimmi tu...» e Cecere se ne va, lasciando Pietro a guardare i due portantini che caricano la bara sul furgone.

Mutti sta arrotolando la pellicola. Sorride. Hanno abbastanza materiale per l'articolo. Si guardano e tornano alla Clio.

I poliziotti conoscono Pietro. È l'unico giornalista che riescono a sopportare. Non è invadente, è silenzioso. Con quei capelli un po' lunghi, il viso che sembra scolpito con l'accetta e quegli occhi sempre velati, sembra che viva perennemente avvolto nella nebbia. Una cosa tutta sua. Lo rispettano. E poi è il fratello del capo.

Il furgone dell'obitorio parte e si porta via la vittima. Massimo se ne sta seduto su un muretto, alle sue spalle la città e la dorsale delle montagne che taglia a metà il cielo. Accanto a lui, in piedi, l'ispettore capo Borgiani. Il commissario preferisce guardare il panorama dei monti incappucciati di neve piuttosto che il viso rasato del collega.

«Ho preso appuntamento per mezzogiorno, alla sala del commissariato. Stanno arrivando da Roma. Ci sono tutti, come al solito.»

«Grazie Marcello... vado a casa a farmi una doccia poi mi trovi in ufficio. Guarda che Buratta prima di domani non ci dice neanche di prendere un'aspirina.»

«Lo so... ma le cause della morte le conosce...»

«È morta soffocata, capisci? Le cuce mentre sono ancora vive. Porca troia!» dice.

Poi Massimo in un soffio si alza, butta la sigaretta e se ne va lento verso la sua Opel Station Wagon ammaccata e con le ruote lisce. Apre la portiera e guarda il fratello. Pietro sente una fitta allo stomaco. È sempre stato così fra loro. Se si guardano, provano quello che sente l'altro. Neanche fossero due gemelli. Sono legati come due molecole, indivisibili come particelle di un atomo. Pietro vede gli occhi arrossati di Massimo e gli viene da piangere.

«Come stanno Gloria e le bambine?» gli chiede.

«Bene... penso bene... non è che ci vediamo molto sai? Pasqua stai con noi?»

Massimo puzza di alcol vecchio. A Pietro gli odori non sfuggono mai.

«Che giorno è?»

«Domenica, Pietro» risponde ovvio.

«Non esco mai di domenica...»

Non è difficile vivere in una grande città. Una volta che hai capito come funzionano i tram puoi andare dove ti pare. Casa vecchia era più bella, avevo il giardino, le rane con la piscina e una stanza tutta mia. Invece ora la dovevo dividere con Massimo. E il giardino me lo potevo solo immaginare. Milano era grigia e nera. E tutta uguale. Non c'era un fiume ed era tonda come il segno di un compasso, senza un sorriso. Proprio come me.

Mia madre si era messa a lavorare in un negozio. Vendeva profumi. Io non la vedevo mai. E cominciavo a dimenticare la faccia di mio padre. Ci pensavo spesso a lui. In prigione. Con la barba lunga come l'abate Faria. Solo e senza di noi. Come avrebbe fatto? Mia madre non me lo voleva far incontrare. Non capivo perché. Ma dovevo obbedire.

Io conservo tutto. Articoli di giornale. I messaggi che ci scriveva mia madre a me e Massimo su come preparare la colazione. I biglietti dei film che mi sono piaciuti. I fogli del calendario con le date importanti.

Il 12 luglio, per esempio, era una data importante.

Faceva caldo, un caldo che uccideva la voglia di stare al mondo. I marciapiedi puzzavano di piscio. Le ossa secche e inaridite ti sudavano a ogni passo.

La mattina del 12 luglio mi ero svegliato tardi. Alle undici. Massimo non c'era. Stava in Inghilterra a casa di una famiglia per imparare l'inglese. Me n'ero andato in cucina a fare la colazione. Mia madre me la lasciava pronta, la preparava prima di uscire. Ogni mattina prima mangiavo poi andavo in camera di mia madre a guardare nei cassetti. Li aprivo e sentivo gli odori delle sue cose. Le calze, le mutande riposte alla rinfusa nel comò. Le odoravo. Odoravo i vestiti e le scarpe di mia madre. A volte ci passavo le ore nella sua stanza. Poi dovevo andare al bagno a masturbarmi perché mi facevano male i testicoli.

Pure quella mattina ci andai nella stanza di mia madre. Era buia. Le serrande erano ancora abbassate. Intravedevo il letto ancora sottosopra. Pensai che mia madre fosse uscita di corsa e non avesse avuto il tempo di mettere a posto. Avanzai verso la finestra e inciampai nelle scarpe di mamma. Quasi caddi per terra. Poi raggiunsi la serranda e la tirai su.

La stanza si inondò di luce. I piedi di mia madre stavano staccati da terra di almeno mezzo metro. Il corpo era nudo. Lei stava appesa per il collo all'asta dei vestiti dell'armadio. Aveva le pupille bianche puntate sul soffitto. Rimasi a guardarla per un po'. Ogni tanto chiudevo gli occhi. Poi li riaprivo sperando che le palpebre facessero come i tergicristalli e cancellassero quella cosa. Ma la cosa stava sempre lì, davanti a me. Mi avvicinai. La toccai. Era fredda come una tazza e la pelle era chiara. Quasi bianca. Percorsa da qualche vena livida. Non andava bene lasciarla lì. Decisi di andare a prendere la scala e mi arrampicai fino al bastone dell'armadio. Aveva usato la mia cinta per legarsi il collo. Il nodo era troppo stretto. Non riuscivo a slegarlo e tornai in cucina. Presi il coltello per il pane, quello seghettato col manico rosso, segai la cinta. Mia madre cadde per terra con un rumore di cose rotte. La guardai da in cima alla scala. Sembrava una bambola vecchia a cui avevano spezzato gli elastici interni che legano gli arti. La gamba stava piegata sotto il bacino in una posizione impossibile da imitare. Scesi dalla scala. Rifeci il letto per bene. Li sapevo rifare, me lo aveva insegnato Rosolina che se n'era tornata al paese. Poi trascinai mia madre sul letto. Pesava. Un macigno. Non andava bene che fosse tutta nuda. La rivestii. Compreso reggiseno e mutande. Intorno al collo aveva una striscia viola. Le misi una collana di perle, quella che lei amava di più per coprire il livido. Le infilai le scarpe e la lasciai adagiata sul copriletto. Aveva gli occhi aperti, come se sul soffitto ci fosse qualcosa da vedere. Ma erano spenti. Erano occhi di vetro. Non erano più gli occhi azzurri e grigi di mia madre. Provai ad abbassarle le palpebre. Lo avevo visto fare nei film di cowboy. Ma non ci riuscii. Erano dure e sbarrate.

Avevo sudato come un maiale. Mi andai a fare il bagno, ma non mi andava di giocare alle olimpiadi di immersione. Contai tutte le piastrelle rosa e nere. Su alcune sembrava che ci fossero disegnate delle facce. Mi asciugai e andai a chiamare la vicina. Paoletta, una sarta. Lei entrò nella stanza di mia madre. All'inizio non capiva. Poi gettò un urlo e scoppiò a piangere.

I funerali li organizzò zio Roberto. Massimo tornò dall'Inghilterra e non mi parlò per tre giorni, come se fosse stata colpa mia.

Avevo dodici anni. Che non sono molti. Ma se mi guardavo specchiato sul marmo della lapide di mia madre, sembravo molto più grande.

La cinta l'ho conservata.

Non ho più visto Massimo per anni. Io me ne stavo in un istituto a Torino, con tanti ragazzi come me. Massimo che era più grande andò a studiare a Padova e poi con mio zio Roberto.

Quest'altro foglietto di calendario che conservo porta la data del 13 settembre. Quel giorno, a due mesi di distanza da mia madre, papà si tolse la vita in cella. Conservo anche il giornale. C'è un titolo in cronaca: «Suicida il mostro delle Cinque Terre!» Mio padre, cioè. Che un cuore ce l'aveva. Per me e mio fratello, per gli altri era il mostro delle Cinque Terre. Avrei voluto parlare col giornalista, spiegargli. Non era giusto. Bisogna vedere le cose sempre da più lati, da diverse prospettive. Non si può liquidare un uomo con un aggettivo. Anche ora che sto scrivendo e ho messo qualche capello bianco, mi guardo sempre indietro e faccio rivivere quella sensazione ogni volta che comincio un articolo. Bisogna stare attenti agli aggettivi. Sono dei chiodi. Si può essere crocifissi con i chiodi delle parole. Lo diceva pure un poeta russo.

20 marzo, mercoledì. Ore 09.15

La casa di Massimo Sini è una bella villetta a due piani appena fuori dalla città. Con un giardino ben curato. Se ne occupa Gloria. Lei ha il pollice verde, trentacinque anni e la voglia di rifarsi una vita. Non necessariamente con Massimo.

Appena il commissario apre il cancello di ferro battuto, Frog abbaia e gli si avventa contro. È un bel labrador nero. Si chiama Frog – rana – perché appena vede uno specchio d'acqua ci si butta dentro. Il nome gliel'ha dato Monica, la prima figlia di Massimo. Frog vuole giocare. Vuole sempre giocare. Non è mai attraversato dalla depressione, dalla tristezza o da un dubbio. Mangia, fa la pipì e basta che ci sia uno della famiglia, lui è felice. Ha la palla in bocca. Massimo gliela tira lontano e il cagnolone la insegue fino ai cespugli travolgendo la rosa spina, il capolavoro botanico di Gloria. La macchina di lei è sul vialetto. È ancora in casa. Questo non piace a Massimo. Non ha nessuna voglia di parlarle, né di affrontarla, tanto di problemi ce ne saranno. Sicuramente. Invece lei spunta dal vialetto. Fresca e riposata col suo tailleur grigio perla, pronta per andare all'agenzia immobiliare.

«Le piante, maledizione Frog!»

Vede il marito che con estrema cautela sta per infilare le chiavi di casa nella toppa. «Massimo non puoi evitare di tirargli la palla sulle mie rose?»

«Hai ragione... non l'ho fatto apposta...»

«Sembri un barbone» gli dice con l'aria schifata.

«Buongiorno anche a te...» sempre con la testa bassa, sperando che lei salga sulla sua Nissan Micra, sparisca e lo lasci da solo a farsi finalmente una doccia. Invece non sente la portiera dell'auto aprirsi ma i tacchi di lei calpestare il vialetto in pietra e avvicinarsi minacciosi.

«Ma ti senti bene?»

«No» le risponde «decisamente no.»

Gloria prende un bel respiro e guarda in alto, neanche lì ci fosse la risposta.

«Hai bevuto ancora.»

«Certo! Sto tornando da un party meraviglioso nei boschi. Gente chic, sai? Rhum e daiquiri come piovesse... ah, ti saluta Tronchetti Provera.»

«Una volta mi facevi ridere... adesso sei patetico.»

«Io? Può essere. Allora fai così. La prossima volta vacci tu al posto mio a vedere che succede là fuori, va bene?»

«Per piacere, non cominciare col lamento del poliziotto massacrato dalla vita.»

«Hai ragione, scusa.»

Gloria ha un luccicore negli occhi.

«Vado a prendere le bambine all'una e mezza e andiamo a mangiare da mamma. So che non verrai, ma a me farebbe piacere pranzare con te.»

«Ci provo... ci provo...»

Gloria se ne torna alla macchina. Ha girato le spalle per nascondere la faccia. Non vuol far vedere le lacrime. È sempre stata una donna dura, come queste montagne, come la gente di qui.

«Gloria?» la chiama. Lei non si volta. «Ne abbiamo trovata un'altra. La quarta...»

Le spalle di Gloria si alzano, poi si abbassano e svuotano i polmoni. Apre la portiera dell'auto. Entra dentro e si mette la cintura di sicurezza. Accende il motore e parte a marcia indietro mentre il cancelletto telecomandato si apre gentile per farla passare. Massimo la guarda andar via. Non c'è più niente con lei. Anzi, c'è un muro di nebbia e di suoni stridenti. Un muro che traduce le parole che si dicono, i gesti che fanno e che distorce e massacra quello che ci passa attraverso. Ci vorrebbe una forza sovrumana per superarlo e tornare a guardarsi e a parlarsi come due persone che si vogliono bene. Ma Massimo questa forza non ce l'ha. Non l'ha mai avuta. Gloria invece non ce l'ha più.

20 marzo, mercoledì. Ore 12.30

«Si conosce l'identità della vittima?»

La stanza del commissariato è piena di giornalisti. Pietro se ne sta in fondo, in disparte, come sempre. Ci sono tutti. Nunzi del *Corriere*, Limentani di *Repubblica*, un vecchio collega di Pietro del *Messaggero*, la Rai, Canale 5, un paio di radio e di televisioni locali. Gli omicidi li attraggono fin quassù come avvoltoi su una carcassa, ha ragione Cecere. Il commissario fa una pausa e si passa la mano sulla bocca. Ha la salivazione azzerata. Non si è fatto la barba. Si è solo cambiato e lavato i capelli.

«No... l'identificazione è ancora in corso. A un primo esame possiamo già dire che si tratta della stessa mano omicida... La vittima è bionda, sui trentacinque anni, presumibilmente morta per asfissia, ma dico presumibilmente... attendo il responso del dottor Buratta per confermarvi la cosa.»

«Commissario» prende la parola Gerlini, un anziano cronista di un settimanale «può descriverci come si presentava il corpo?»

«Il corpo... la vittima aveva un sacchetto di plastica intorno alla testa e... le mani legate dietro la schiena e anche lei aveva subito lo stesso trattamento nelle... parti intime...»

«Cioè le ha cucito la vagina?» chiede Rossana Dazzieri del *Corriere*.

«Sì, esatto. Come le altre tre. Non ci sono segni di violenza sessuale.»

L'aria puzza di sudore, ma è normale quando quindici giornalisti se ne stanno ammassati in una stanza tre metri per sei. Pietro non fa domande. Non prende appunti. Avrà suo fratello tutto per sé, quando più gli farà comodo. E sa che basta aspettare poco, una mezz'oretta, per sapere l'identità della vittima. Sono poco più di sessantamila in città, non è difficile scoprire chi è sparito ieri sera senza lasciare tracce. È il suo vantaggio rispetto agli altri cronisti. Vive sul posto, sa come muoversi e a chi fare le domande.

«Commissario siamo di fronte a un killer seriale. Che piste state seguendo?»

«Faremo il controllo dei residui umani sul corpo della vittima, se c'è qualche traccia la scopriremo. Certo, come voi sapete, per l'esame del dna i tempi non sono così brevi.»

«Non è frustrante?» spara a zero Gerlini. «Dico, questa è la quarta vittima in due anni e non siete riusciti a capire neanche lontanamente...»

«Senta Gerlini» lo ferma il commissario «non voglio fare polemica, tanto meno lezioni di criminologia. Non siamo davanti a un omicidio passionale, tanto meno abbiamo a che fare con vendette o regolamenti di conti. Il nostro assassino si muove quando vuole, sa perfettamente quello che fa. Siamo di fronte a un caso clinico che colpisce a colpo sicuro e non ha rapporti con la vittima. È uno psicopatico, un uomo il cui quadro clinico sarà illustrato dal professor Mannini qui presente... ci sta aiutando a decifrare la psiche di questa persona... malata... che non ha un movente se non una molla omicida che gli scatta nel cervello all'improvviso... magari è uno che sente le voci, oppure pensa di essere l'anticristo o qualcosa del genere...»

«Scartate il fenomeno delle messe nere?»

«Stronzate!» Il commissario si sta incominciando ad arrabbiare. «In città ci sono due gruppi di esaltati che si riuniscono di notte ad adorare il diavolo e la stella a cinque punte. Ma sono solo dei ragazzini che a parte rubare la birra nei supermercati...»

È vero. Pietro annuisce. Lui stesso aveva scritto degli articoli su questi gruppi. Erano ragazzi che ascoltavano heavy metal e il massimo dell'illegalità l'avevano raggiunta sei mesi prima spruzzando il numero 666 con la vernice rossa sul muro del Duomo. Li avevano beccati e s'erano sobbarcati le spese della pulitura delle pietre medioevali.

«Questo qui è peggio. È una persona estremamente intelligente... e siamo in contatto con i commissariati di Pescara, Avezzano e Chieti perché non è detto che risieda qui da noi.»

«Comodo commissario... magari ci è venuto dagli Stati Uniti per lanciare una nuova moda. Ci ha pensato?»

«La sua ironia è più sgrammaticata dei suoi articoli, Giorgio Iatta. Mi stupisce che ancora non l'abbiano licenziata!» risponde abbaiando Massimo.

«Ah, se è per questo commissario non scrivo più. Sono la televisione, adesso!» dice ironico il giornalista indicando il cameraman alle sue spalle.

I capelli di Giorgio Iatta si sono sbiancati, il naso ora ce l'ha un po' deforme perché qualcuno gliel'ha suonate, è evidente, ma il suo atteggiamento è rimasto lo stesso. Sa tutto, può tutto, non ha paura di nessuno. Sempre vestito come fosse un free lance in prima linea.

È rimasto il solito vecchio testa di cazzo, pensa Pietro guardando l'incipit di calvizie sulla nuca del giornalista.

«Lei è la televisione?» sorride il commissario. «Sono contento per l'involuzione della sua carriera.»

Iatta si risiede dopo lo scambio di vedute col commissario. La Dazzieri lo guarda sorridendo, come a chiedere: «Embe'? Che succede?» Iatta scuote la testa: «Niente Rossana. Vecchia ruggine fra me e il commissario...»

«Comunque ora io vado a lavorare.» Massimo decide di chiudere la riunione: «Vi lascio col professor Mannini».

Lo psichiatra alto e magro come un airone prende il posto del commissario davanti alla scrivania. Aspetta le domande infilandosi gli occhiali con la montatura in titanio e apre un foglietto di appunti.

Massimo si fa strada fra telecamere e giornalisti verso la porta lanciando un'occhiata a Pietro che lo segue.

Fuori dal commissariato nonostante sia marzo avanzato e le due del pomeriggio, fa ancora freddo. L'Aquila ha temperature invernali fino a maggio.

I due fratelli attraversano il corso e se ne vanno sotto i portici. Lì il vento che arriva dritto dalle selle del Gran Sasso ti lascia finalmente in pace. Camminano in silenzio, guardando in basso, salutando a stento qualche passante. Entrano nel caffè Eden, il loro caffè. Un bar pieno di specchi e di legni corrosi dal tempo. Basta attraversare una porticina e si entra nella sala da tè. Che di sera viene saltuariamente utilizzata come sala da ballo. È affrescata con delle pitture pseudo futuriste fatte alla fine degli anni Cinquanta. Ciclisti, moto in fuga, donne cubiche e grattacieli attraversati da vecchi biplani. Non c'è riscaldamento, e la volta di sei metri e passa è ghiacciata come la strada. Non è un bar accogliente. Ma a loro piace. Per chi non è mai stato accolto da niente nella vita, quel bar vale un altro.

«Ti sta facendo impazzire, vero?»

«Lo sai cosa mi fa impazzire? Il fatto che magari è qui, sta passando per strada. Mi guarda e ride. E dice: "Stronzo, ti prendo per il culo... non mi beccherai mai..."»

«Io ho letto che questa gente prima o poi si fa prendere dalla polizia. Narcisismo, pare...»

Gli specchi sui muri del bar rimandano le figure dei due fratelli. Una donna bruna e molto attraente entra e si avvicina al bancone salutando il cassiere. A un tavolino vicino al piccolo palco che ospita il karaoke serale, due vecchie infreddolite bevono la cioccolata.

«Pare. E io intanto che faccio? Aspetto di trovare qualche altro cadavere sulla strada? Magari proprio in questo momento sta prendendo le misure al prossimo... cazzo Pietro, non siamo attrezzati per questo genere di cose...»

D'un fiato si scola il Martini e si asciuga la bocca con la manica della giacca. Poi con la lingua si passa il liquore sulle gengive, poggia il bicchiere e si concentra sul fratello.

«Ma tu l'hai riconosciuto?»

«Sì...» gli risponde Pietro. «Ora ha i capelli bianchi ma la faccia di cazzo gli è rimasta tale e quale.»

Ridono. Parlano del giornalista Giorgio Iatta. Quello che scattò le foto nel campo da tennis regalando ai due fratelli la prima pagina: «Eccoli! I figli del mostro delle Cinque Terre».

Smettono di ridere. Ognuno dentro i propri pensieri. Pietro fa segno al barista di portare altri due Martini.

«È in città da ieri. Quando ero ad Ancona ho avuto a che fare con lui altre volte. Ha più denunce di Provenzano.»

«È passato alla televisione...»

«Già. Testata regionale. Avrà qualche santo in paradiso.»

Guardano fuori. La gente che cammina con le buste dei negozi, un paio di randagioni alla ricerca di cibo, una bambina che dorme serena nel passeggino spinto da una colf africana che starà morendo di freddo abituata a un sole pieno e opprimente.

«Ci si stanca Pietro. Ci si stanca di correre dietro a qualcuno che ha sempre la prima mossa, e di stare sempre un pezzo indietro. Si dice che la cura migliore sia prevenire. Sono d'accordo. Vale per il cancro, l'infarto. Diventa molto difficile prevenire uno psicopatico che uccide senza una ragione. Donne. Sui trentacinque anni, bionde e con gli occhi azzurri.»

Pietro abbassa la testa. Non sa cosa rispondere. Ma tanto suo fratello non vuole un dialogo. Ha bisogno di parlare e di qualcuno che lo ascolti.

«Le soffoca, le lega e le cuce mentre sono ancora vive. Che razza di persona è? Che ha dentro per fare quello che fa? E poi, dimmi come lo previeni. È una minaccia fissa. E chissà quanti altri come lui ce ne saranno in giro... come faccio a guardare le mie due bambine e assicurarle che avranno un futuro tranquillo? Che il loro papà sta lavorando proprio per quello? Anche lamentarsi è patetico, ha ragione Gloria.»

Pietro guarda la pancia di suo fratello e le vene rosse che gli sono spuntate intorno alle narici. Somiglia a suo padre, con qualche chilo in più, ma parla e si muove come lui. Gli occhi sono gli stessi.

Anche per questo Pietro spesso si perde a guardarli.

«Gloria si è stancata di fare la spalla dove io piango. Lei ha una testa, due gambe e un corpo ancora bellissimo. L'avevo dimenticato. Ecco, a proposito di prevenzione, credo di poter essere in grado, ora, di prevenire la fine di un matrimonio. Mai dimenticare che la tua compagna è una donna, la tua donna. Mai trasformarla in un'altra cosa.»

Arriva il barista con altri due Martini. Massimo afferra il suo. Lo porta alle labbra. Sembra pensarci se svuotarlo con un solo sorso. Poi lo manda giù. Il liquido neanche tocca le pareti della bocca. Finisce direttamente in gola.

«Non so come fare Pietro. Come lo fermo?»

«Magari stavolta ha lasciato un segno... un colpo di fortuna può capitare, no? Un testimone.»

«Aspetto da giugno, dieci mesi! Non s'è mai scoperto. Mai. Neanche le tracce sul luogo del delitto. Che cazzo, mica vola, no?»

Ha alzato un po' la voce. Le due anziane dell'altro tavolo lo guardano. Poi decidono che non sono affari loro e abbassano il viso sui pasticcini.

«L'unica cosa che sappiamo è che non le ammazza dove le fa ritrovare. Ce le porta...» dice Massimo abbassando la voce. «Poi stop! Non sappiamo se è alto o basso, quanto porta di piede, se è un uomo o una donna, bianco o nero... niente! Buio totale.»

Gli anni dell'istituto a Torino sono una striscia grigia. Mi ricordo i preti. Il cibo scotto. I miei compagni di camerata. L'iniziazione in bagno. Quella subita e quella che ho fatto io ai nuovi arrivati. Il cielo grigio e la puzza di muffa e naftalina. I giorni identici. Dovevi stare attento. Attento ai più grandi che se ti prendevano da solo te la facevano vedere brutta. Attento a studiare, anche il professore te la faceva vedere brutta. E poi ognuno aveva il cameriere. Io fino a quindici anni sono stato il cameriere di Bonetti. Che aveva due anni più di me. Dovevo fare parecchie cose per lui. Però mi era andata bene. Non era cattivo. Certo, se non obbedivo passavo i guai. Ma bastava capire le regole, tenergli a posto l'armadietto, dividere con lui i pacchi di zio Roberto, pagarlo, catturare i più piccoli e portarglieli nel bagno. Lì insieme ad altri o li iniziavano oppure li spogliavano per rubargli i vestiti se erano nuovi, scarpe, un temperino, un quaderno, qualunque cosa potesse interessarli.

L'iniziazione era semplice. Tutti l'hanno subita, tutti l'hanno fatta.

Ti spogliavano. Ti mettevano a gambe larghe. Poi ti infilavano una saponetta nel culo. La spingevano su e giù per un po'. Dopo cinque di loro per il culo ti infilavano i loro uccelli. Il primo faceva male. Il terzo già non lo sentivi più. Eri legato, quindi non ti potevi muovere. E se provavi a scappare, prima ti riempivano di sganassoni, poi il trattamento te lo facevano tre volte.

Il cielo era sempre nero e nella camerata non entrava mai la luce del sole. Era un corridoio di quindici metri e largo una decina, dove stavano in fila i letti come in una caserma. Avevi un armadietto, un comodino con il lucchetto, una luce sul letto, una coperta e due cambi di lenzuola. Io dormivo tra un ragazzo dell'Umbria che non parlava mai e un siciliano che ogni notte piangeva. Si chiamava Riccobono. Scappò una notte e di lui non se ne seppe più nulla. Ero contento, finalmente la notte potevo dormire.

Ci svegliavamo ogni mattina alle sette, una lavata con l'acqua fredda, poi le preghiere e infine in classe.

Grandi e piccoli si faceva colazione tutti insieme nel refettorio. Che era una stanza lunga male illuminata da alte finestre sempre sporche. Alle pareti c'erano quadri delle stazioni della via crucis. Prima si diceva il *Padre Nostro* in piedi, poi ci si poteva sedere e mangiare. Latte e pane. A volte una brioche. Dovevi mangiare in un tempo stabilito, cioè un minuto. A volte il latte era così bollente che se lo buttavi giù tutto d'un fiato la lingua ti scottava fino al pomeriggio. Scaduto il minuto suonava una campanella e tutti ci si doveva alzare in piedi e uscire dal refettorio in fila indiana, verso le classi. Che tu avessi finito la colazione o meno.

Uno per banco. In silenzio. Durante i compiti non ti potevi girare verso un altro compagno. Il professore stava in mezzo all'aula con un righello in mano. Se alzavi la testa dal compito ti beccavi una botta sulla nuca. Se ti trovava a copiare, i colpi di righello erano tre, sul dorso delle mani. Un foglietto segreto significava cinque colpi sul dorso, in ginocchio dietro la lavagna e alla fine della lezione dal preside senza pranzo. Chi andava dal preside se lo sarebbe ricordato per tutta la vita. Usava la cinghia dei pantaloni. A volte. A volte una racchetta da tennis che teneva appesa al muro solo per le punizioni. Chi entrava in quell'ufficio non si sedeva più per almeno tre giorni. Io dal preside non ci sono mai finito. Copiavo anch'io e mi passavo i foglietti coi compagni. Solo non mi facevo scoprire.

Una volta venne lui da me, una sera piovosa di novembre.

La mattina di quel giorno grandinava e mi piaceva guardare l'acqua che scrosciava come un fiume in piena sulle finestre della classe. Passò il bidello con la campanella ad annunciare che le lezioni per quel giorno erano finite. In fila, in ordine, si usciva dalla classe e si poteva andare al refettorio per il pranzo.

Bonetti all'uscita mi ordinò di dargli dei soldi. Sapeva che zio Roberto me ne aveva mandati un po' il giorno prima. Voleva dieci sacchi. Io avevo quindici anni, lui diciassette. Ma ero più alto di lui.

Ci sono dei giorni che le cose cambiano. Non sai perché. Ma la mattina ti ritrovi la barba. Oppure qualche pelo sul petto. Oppure la voglia di cambiare qualcosa per sempre. Quella mattina di novembre era uno di quei giorni. Bonetti mi guardava coi suoi occhi bovini e la mano tesa. Aspettava il denaro. Mi si inchiodarono le gambe, il cuore prese a pulsare forte nel collo e nelle orecchie. Lo guardavo in silenzio e vedevo la sua faccia livida e gialla.

«Jàmme Sini... Allò, ti decidi o no? Devo andare a mangiare. Dammi 'sti dieci sacchi!»

E il pullman mollò i freni. Non ricordo con precisione. Lo colpii dappertutto, e lui colpì me. C'era il carrello delle pulizie accanto a noi. E mi vennero in mente le rane. Afferrai una bottiglia di alcol e la spruzzai su Bonetti. Poi accesi l'accendino. Prese fuoco come quegli anfibi in giardino. E urlava. Tutti urlavano. E mi guardavano come un cane idrofobo. A me piaceva sentirlo urlare, piaceva vederlo rotolarsi in terra mentre tentava di spegnere le fiamme.

Finii in infermeria che puzzava di brodo con la pastina. Io avevo il naso fracassato, ma gli odori li sentivo lo stesso. Li sento sempre, mi sa che nella vita precedente ero un cane. Bonetti con la faccia avvolta nelle bende lo avevano portato in un ospedale vero.

E venne il preside da me.

Magro e alto come uno spaventapasseri. Mi aspettai il peggio. Ma il peggio non ci fu. Mi parlò. Voleva sapere cosa fosse accaduto nei corridoi. Io gli dissi la verità. Ero uno che studiava, Bonetti invece era uno scansafatiche. Il preside mi credette, ammirò il mio coraggio. Ero più piccolo, ma mi ero saputo difendere. Si limitò a darmi una pacca sulla spalla e mi disse che avrebbe comunicato la cosa ai miei zii. Ma non era una minaccia. Uscendo mi guardò attraverso i suoi occhiali che gli facevano le pupille due punte di spillo e mi disse: «Sini. Da oggi la tengo d'occhio. Un'altra così, e la mando al riformatorio».

Sorrise mostrandomi i suoi denti gialli da cannibale e lasciò l'infermeria trascinandosi l'ombra fuori dalla porta come un pesante mantello nero.

Da quel giorno non ho più fatto il cameriere a nessuno. Anzi, me ne feci uno io. Gino. Veniva da Asti. Non lo trattavo male. Ma se non mi obbediva lo iniziavo due, tre volte, fino a farlo piangere. Era la regola. La legge dell'istituto.

Ogni tanto la notte pensavo a me. A dov'ero. E se era il caso che papà e mia madre mi avessero concepito quindici anni prima. Avevo la vita. Solo quella. E nessuno che mi insegnasse come viverla.

20 marzo, mercoledì. Ore 17.30

L'ispettore Borgiani si sta lisciando i baffi mentre legge l'ennesima denuncia del Giuffrida contro Nardocci, che ha un molosso e ogni tanto gli fa fuori una pecora. Suona il telefono. Risponde.

«Ispettore capo Borgiani.»

«Marcè, sono Cecere... allora pare che la poveretta si chiamasse Sonia Franchi...»

Borgiani esce dalla stanza. Nel corridoio, seduto con le spalle incassate, c'è Pietro. È l'unico giornalista rimasto. Il poliziotto gli sorride. Si sforza. Pietro non ispira né il sorriso né la battuta.

«Allora Pietro sappiamo chi è. Visto che sei l'unico giornalista qui che aspetta... te lo comunico. Sonia Franchi, anni 35, nubile. Lavorava come cassiera al PAM insieme alla madre... l'ha riconosciuta lei. Se vuoi andarci a parlare sta a via Avezzano, al 53. Ti saluto.»

«Grazie, a buon rendere...»

Via Avezzano è una brutta strada moderna, proprio dietro l'ospedale. Case fatte all'inizio degli anni Ottanta, quasi tutte a tre piani. Il 53 è uno dei tanti piccoli condomini. Un giardinetto a pianterreno con una bici da bambina e un motorino tutto scassato e impolverato. Sonia Franchi abitava lì, con la madre. Dalla sua finestra vedeva l'ospedale e un pezzo di autostrada. Pietro fa fermare il taxi e scende.

«Mi può aspettare? È cosa di pochi minuti.»

«Tanto paga lei.»

Si avvicina al citofono. Suona il campanello di casa Franchi e attende. Una bambina di cinque anni si affaccia sul portone del condominio.

«Che vuoi?»

«Voglio vedere la nonna. C'è?»

«Vieni un po', va'...»

Gli fa strada e lui la segue. Nel palazzo le scale sono appena state ridipinte e l'odore di vernice gli punge le narici. Solo una rampa. I Franchi stanno al primo piano. La bimba entra in casa correndo.

«Nonna ci sta un signore che ti vuole vedere!»

Pietro si affaccia nella casa avvolta con carta da parati a fiori stinti e un po' ingialliti. Le luci sono fioche. Sopra la porta del corridoio c'è l'immagine di una Madonna che abbraccia il figlio morto davanti a un lumino elettrico che finge di essere una candela.

«Sì... mi dica...» una donna sui sessant'anni, tutti presenti sulle rughe del viso. È la mamma di Sonia. Mentre si avvicina strusciando le pantofole, Pietro la riconosce. È una delle cassiere del supermercato dove si serve da più di un anno. La donna si stringe il golfino di lana che porta sulle spalle. Guarda Pietro, senza speranza.

«Sono Pietro Sini... le mie più sentite condoglianze...» le dice.

Poi l'abbraccia. Sente il corpo della donna fragile e stanco che quasi si stritola fra le sue braccia. Non che siano braccia muscolose le sue, tutt'altro. Ma la donna è come un passero d'inverno. Scricchiola.

«Prego, prego... s'accomodi... Luisa!» chiama. Una ragazza sui trent'anni, bruna, si affaccia sulla porta con la bimba in braccio. «Conosce Luisa? La mia figlia più piccola.»

«Pietro Sini. Piacere.»

«Piacere... che c'è mamma?»

«Porta un caffè al signore.»

«No grazie. Non lo bevo... se ha dell'acqua...» La donna sembra ci sia rimasta male.

«L'acqua va benissimo» rassicura Pietro.

Luisa sparisce dietro la porta. Pietro si siede sul divano ancora protetto dalla guaina di nylon. Al centro della stanza troneggia una televisione. Il pavimento è talmente lucido da sembrare una lastra di ghiaccio.

«Conosce mia figlia Sonia?» esordisce la madre, che sembra un pugile suonato.

«No, non avevo il piacere...»

«Scusi, lei chi è?»

Sono un giornalista e scrivo sul *Centro*. Voglio fare un bell'articolo in memoria di sua figlia.

La donna serra le labbra. Ha un fazzoletto in

mano. Lo stringe come se fosse la sua ultima speranza di rimanere in vita. I suoi occhi sono senza lacrime. Ma è questione di tempo. Fra un po' le esploderà il cuore e piangerà per giorni, anni magari.

Luisa torna e porge il bicchiere d'acqua a Pietro. Poi con un sorriso e gli occhi arrossati di pianto esce dal salone.

«Sonia... me l'hanno portata via... è buona Sonia, un angelo. È solo un po' sfortunata. A scuola non andava bene, e allora si è messa subito a lavorare. Prima alla fabbrica di salumi che poi ha chiuso, si ricorda? Poi ha fatto le pulizie, la baby sitter. Mo' finalmente ha il lavoro fisso... con me al supermercato... l'ho fatta assumere io... è brava Sonia, tutti le vogliono bene...»

La madre di Sonia parla, ma Pietro non l'ascolta più. Le guarda le mani che tormentano il fazzoletto.

«Vuole vedere una sua foto?»

«Sì...»

La signora si alza. Si incammina verso la porta. Ma sbanda e deve attaccarsi allo stipite. Si volta verso Pietro.

«Oddio... mi sa che mi sono alzata troppo di scatto...»

«Si sente bene?» chiede Pietro alzandosi dal divano.

«Sì, sì... un giramento di testa... ma è già passato... vado a prendere la foto» e sparisce nel corridoio.

Pietro si guarda intorno. Va alla libreria. Una libreria nera, coi vetri fumè che riparano dalla polvere un vecchio dizionario, la raccolta degli almanacchi di Topolino, una enciclopedia UTET e il libro di Bruno Vespa. Non riesce a distinguere l'odore che regna in quella casa. È un misto di verdura e legno.

«Ecco, l'ho trovata. Guardi!»

Sonia in primo piano al mare. Un bel sorriso. Gli occhi grandi e azzurri. Questa foto farà il giro dei giornali e delle televisioni. E a fornirla sarà stato Pietro Sini.

«La posso tenere?»

«Sì... me la riporti però... Ho solo questa.»

«Ci conti.»

All'istituto il Natale era il momento più bello dell'anno. Accompagnati dal professore ce ne andavamo in giro per Torino, in fila, a guardare le vetrine dei negozi e i bar. C'erano luci e macchine che suonavano senza senso. E la puzza di zolfo misto a concime mi tartassava le narici.

Io avevo un piano preciso. Facile da mettere in pratica. Rischi calcolati prossimi allo zero. Quando entri con dodici persone in un piccolo negozio fare quello che dovevo fare era uno scherzo.

Era un bella pasticceria del centro. Antica e accogliente, tenuta da due signori anziani. Il marito stava alla cassa, la moglie dietro il bancone. Le scansie erano ricolme di palle di Natale e fili d'argento. Torroni e gianduiotti sembravano far crollare sotto il loro peso le vecchie mensole di legno.

Guardai Gino, il mio cameriere. Gli ordinai: «Vai! Adesso!» Lui masticò l'Alka-Seltzer, si buttò a terra e cominciò a rantolare. Tutti corsero verso di lui.

Grida, schiuma dalla bocca. Un signore stava per comprare un panettone. Lo mollò e scappò spaventato dal negozio. I due proprietari si lanciarono su Gino che si dimenava come un topo in trappola e sbatteva la testa sbiascicando e sputazzando bava biancastra. Avevo una manciata di secondi. Non avevo paura. Non sentivo niente. Il cuore pompava regolarmente. Andava bene così, dovevo rimanere calmo ed essere il più veloce possibile. Dei dolci e delle caramelle non me ne fregava niente. Io puntavo alla cassa. Girai intorno al bancone ed ebbi fortuna. La cassa era aperta. Alzai il coperchio dei soldi spiccioli. Sotto c'erano le banconote. Le afferrai e me le misi in tasca. Nessuno mi aveva visto. Nessuno faceva attenzione a un solo ragazzo quando altri dodici urlavano e ridevano guardando Gino per terra. Tornai accanto al mio cameriere. Quello aprì un occhio, io annuii e lui, lentamente, si calmò. Era il segnale. Il professore lo rimise in piedi. Qualcuno gli passò un fazzoletto per pulirsi la bocca. Gino fingeva un giramento di testa. Ancora oggi mi chiedo come potevano cascarci, era un pessimo attore. Credo che l'Alka-Seltzer fosse la chiave di volta. Aggiungeva una bella dose di drammaticità al tutto. Un bambino che sbava non è un bello spettacolo. Gino aveva fatto il suo dovere. Si era risparmiato una iniziazione natalizia. Uscimmo all'aria aperta e ci dileguammo per le strade del centro. Avevo fatto più di trecentomila lire.

La sera nella camerata Gino si avvicinò, con la sua faccia da castoro e i suoi denti guasti.

«Quanto abbiamo fatto?»

«Abbiamo?» gli chiesi guardandolo duro. «Ho fatto, Gino. Tu sei lo schiavo, fai solo quello che ti dico e basta.»

Non so cosa aveva in testa Gino quella sera. Ma si ribellò.

«Non vuoi darmi niente? E io lo dico al professor Marini...»

«Sbagliato!» gli risposi.

Lo presi per un orecchio. Nella camerata nessuno ci badò. Gino era il mio cameriere e quello che gli facevo non interessava a nessuno. Lo portai in bagno. Lui mi guardava. Aveva paura.

«Tu fai quello che ti dico io» gli dissi. Poi gli diedi uno schiaffo talmente forte da fargli girare la testa. Gino cadde per terra. Aveva gli occhi lucidi.

«No... no...» mormorò

Lo girai e gli tirai giù i pantaloni.

«Ti prego... no... è Natale!»

Mi venne da ridere. Che c'entrava? Gino andava punito e basta. Solo che a me non andava. Avevo l'uccello moscio. Presi lo spazzolone per pulire il water. Era di legno. Lo cosparsi di sapone, mentre Gino mi implorava.

«Stai zitto Gino. O vuoi dormire con la paura che una notte di queste vengo e ti do fuoco?»

Presi il manico dello spazzolone e cominciai a penetrarlo. Si opponeva. Piangeva e si opponeva. Lo colpii forte sulla nuca. Lentamente sentii i suoi muscoli addolcirsi e accettare la punizione. Non poteva competere. Non ce la faceva. Lo spazzolone era sicuramente più grosso del mio affare. Decisi che una decina di centimetri poteva bastare e glielo infilai dentro. Lui mugolava di dolore, come un maiale.

«Non permetterti mai più... nessuna ribellione col tuo padrone... sono stato chiaro?»

«Sì... sì...» riuscì a sibilare fra le lacrime.

Lo spazzolone fa male. Io stesso l'ho provato due volte. Gino si rifarà con qualcun altro, quando crescerà, pensavo. Ora doveva subire. Lo facevo entrare e uscire. E potevo farlo per il tempo che volevo, anche fino a tarda notte. Più lo facevo andare, meno resistenza trovava. Gliene infilai ancora un paio di centimetri. Lui tirò su la testa, con un brivido. Non piangeva più. Stava con gli occhi chiusi. Il legno lo percuoteva, ma lui sembrava lontano anni luce dal bagno, dall'istituto, da me. Lo guardai. Aveva l'uccello duro. E anch'io. Tolsi lo spazzolone e ci infilai il mio attrezzo. La cacca di quell'animale aveva sporcato tutto il manico. Avrebbe dovuto pulirlo.

«Tu fai quello che dico io... di' di sì...»

«Sì...»

«Sì cosa?»

«Faccio quello che... dici tu.»

Poteva bastare. Tirai fuori il pisello. Era tutto sporco.

«Animale! Guarda! Adesso me lo lavi.» Gino aprì gli occhi. Io mi avvicinai al lavandino.

«Avanti lavalo. Lavalo ho detto!»

Aprì l'acqua e cominciò a togliere tutto quello schifo. Lentamente. Delicatamente.

«Adesso asciugalo.»

Si guardò intorno. Stava per prendere della carta igienica. Poi ebbe un'idea. Si inginocchiò davanti a me. Lo prese in bocca e cominciò a succhiarlo neanche fosse un cono gelato. Non c'era bisogno, l'iniziazione era finita. Glielo tolsi con violenza dalla bocca e gli diedi un cazzotto sul collo. Cadde per terra.

«Ma che cazzo fai? Ma che sei frocio? Vaffanculo Gino... chiedimi scusa e baciami i piedi!»

L'iniziazione finiva sempre così. Si baciavano i piedi al capo. A me, cioè.

Uscii dal bagno chiudendomi la zip dei pantaloni. In camerata tutti sapevano cosa stavamo facendo e nessuno era entrato a disturbare. Era una cosa normale. Se c'era un'iniziazione in corso non si entrava. Se eri un capo potevi andare e partecipare attivamente alla cosa. Se eri un cameriere meglio che stavi alla larga, sennò ti beccavi un'iniziazione fuori programma. Erano regole antiche. L'istituto andava avanti così da sempre. E chi eravamo noi per cambiare?

TORNA IL MOSTRO: ANCORA UNA VITTIMA

Il corpo ritrovato a Fontanefredde

di Pietro Sini

È di Sonia Franchi il corpo ritrovato dalla polizia a Fontanefredde ieri all'alba. È bastata un'occhiata agli uomini della polizia per capire che il mostro si è rifatto vivo. Il cadavere portava la sua firma. Bionda, 35 anni, nuda, la testa in una busta di plastica, la vagina cucita, apparentemente nessun segno di violenza carnale. Non c'era bisogno di questa ennesima brutalità per avere la certezza che siamo di fronte a un vero e proprio serial-killer, di quelli che siamo abituati a vedere solo nei film di Hollywood. Il mostro non lascia tracce. Sembra fatto di aria. Non ci sono impronte, anche se al momento il corpo della vittima è sotto l'attento esame dell'Istituto di medicina legale. La speranza è di trovare qualcosa che porti finalmente gli uomini del commissario Sini alla cattura dell'assassino. Sonia Franchi lascia la madre e la sorella chiuse in un silenzio impenetrabile.

Sonia lavorava presso una catena di supermercati, conduceva una vita serena.

Al momento l'unico fermato è il fidanzato della vittima, Fabrizio Seganti. Verrà interrogato dai giudici questa mattina nel carcere dell'Aquila, ma le indiscrezioni dicono che gli inquirenti stanno solo svolgendo un lavoro di routine. «Stiamo interrogando per dovere d'ufficio» dice il gip De Crescenzo. La difesa per bocca dell'avvocato Mastrangeli afferma che il fidanzato della donna uccisa è «assolutamente estraneo al fatto». «Risponderà a tutte le domande dei magistrati con animo sereno» aggiunge l'avvocato «anche se è sconvolto dalla perdita della sua fidanzata.»

Gli inquirenti stanno cercando di ricostruire gli

ultimi movimenti di Sonia Franchi prima del suo omicidio. Un omicidio apparentemente privo di movente, se non quello della follia umana. Il mostro è fra noi, si nasconde nell'anonimato della folla per uscirne solo all'improvviso, colpire e tornare a nascondersi. Il professor Mannini, docente di criminologia dell'Università di Bologna, ha rilasciato un quadro clinico abbastanza preciso ed esaustivo: «Siamo di fronte a un individuo affetto da A.P.D., ossia Antisocial Personality Disorder. È uno psicopatico molto violento con una tendenza ad aumentare la sua aggressività. È un individuo forte, e di età compresa fra i 20 e I 45 anni. Al 90 per cento è un uomo. La sua è una violenza cieca, determinata, incapace di sentire emozioni. È uno psicopatico egotico, convinto della sua superiorità rispetto agli altri, che usa solo come oggetti. È probabile abbia subito grossi traumi infantili... L'uso del filo da pesca per cucire la vulva ha diversi significati. Credo che sia un ipostimolato dal punto di vista sessuale, oppure sta facendo degli sforzi enormi per superare il suo trauma della nascita, che lui vede come un abbandono».

Secondo gli inquirenti non sarà facile trovarlo. La speranza è quella che spunti fuori un testimone oculare. Ma al momento nessuna vittima è scampata alla sua follia, e l'unico testimone di questi orrendi omicidi pare sia solo e soltanto lui. Non è un bel momento per la nostra città. E qualsiasi ragazza sotto i quarant'anni, bionda, carina e single deve temere per la sua incolumità. Un comunicato del commissariato suggerisce alle donne la massima precauzione: «Finchè si aggira fra noi, si suggerisce vivamente di non restare mai da sole. Farsi accompagnare, di giorno come di notte». Perché a detta degli inquirenti e del professor Mannini, il killer molto probabilmente tornerà a colpire. Si spera che quella volta all'appuntamento col mostro ci sarà la polizia, e non una donna sola e indifesa preda della follia di quest'individuo.

25 marzo 2002, lunedì. Ore 23

L'anatomopatologo fuma la pipa, adagiato tranquillamente sul divanetto di finta pelle del suo studiolo. Massimo guarda fuori dalla finestra il giardino dell'ospedale avvolto dall'oscurità. Sono a pianterreno e non si sentono i rumori del traffico. Nè dei parenti in visita, che a quest'ora non sarebbero neanche ammessi. Rumori non ne arrivano neanche dalla stanza accanto. C'è l'obitorio dove Sonia Franchi riposa su un letto di acciaio coperta con un lenzuolo fino alle spalle. Spunta solo il viso livido con le labbra viola e i capelli raccolti.

«Abbiamo trovato le tracce di una moquette grigia sotto le unghie. Al microscopio risulta che si tratta sempre della stessa moquette.»

«Grigia...» dice Massimo «potremmo farci un giro in tutte le case e cercare il proprietario di questa moquette grigia...»

«Già» dice Buratta e sbadiglia «poi devi dimostrare che è la stessa moquette eccetera eccetera e magari quando arrivi a casa dell'assassino quello ha messo il parquet.»

«Scherzavo Raffaele. Solo da Bricofer hanno venduto moquette grigia a circa settanta clienti solo negli ultimi due mesi...»

Massimo continua a guardare fuori. Pensa a Sonia, soffocata mentre soffriva pene che nessuno dovrebbe provare. Avrebbe bisogno di una cosa calda nello stomaco. Una cosa qualunque, basta che sia calda. Se ne sta in piedi con quattro ore di sonno addosso e si chiede come ce la possa fare e per quanto tempo ancora.

«Lo sai che io e te alla fine facciamo lo stesso lavoro?» gli dice Massimo.

«Ah sì?» risponde Buratta, mentre poggia la pipa sul portacenere.

«Li hai visti gli occhi dei familiari delle vittime? Sono gli stessi dei parenti dei malati terminali. Non hanno più una speranza di vita. Chiedono solo il permesso di piangere su qualcosa di concreto. Un nome, un colpevole, sia esso un assassino o un cancro devastante. Dipendono da te. Vogliono sapere da te la verità. E tu non gliela puoi dare.

Gli devi inventare qualche cazzata... vorresti potergli dire l'omicida di vostra figlia si chiama tale, abita in via tale, ha tot anni e altrettanti se ne farà di galera.»

Il commissario si volta verso il suo amico di sempre. Che si è addormentato. Il fumo della pipa sale lento dal portacenere e si spande insieme all'aroma per la stanza spoglia.

«Buonanotte Raffaele.» Massimo svuota la pipa del medico e lascia l'ospedale.

C'era una ragazza, Myriam, che faceva le pulizie all'istituto. La ricordo bene, primo perché aveva poco più della nostra età, secondo perché per cinquemila lire potevi andarci a letto.

Puliva le camerate mentre noi eravamo in classe. Avevo 18 anni, e mancava poco alla fine di quella prigione. Non avevo mai fatto l'amore, e mai avevo visto una donna nuda dal vero. Solo cose dei giornaletti, fotografie e disegni. I miei compagni spendevano con Myriam tutti i soldi che riuscivano a rimediare e quella s'arrotondava lo stipendio. Io non ne avevo voglia, ma in giro si cominciava a dire che ero omosessuale. E questo non andava bene. Solo perché parlavo pulito, ero il primo in quasi tutte le materie e non avevo voglia di andare con Myriam. La vedevo come una specie di pozzo che tutti si ostinavano a riempire. Io se dovevo farlo doveva essere fuori dall'istituto e con una che desiderava solo me. Volevo una donna, non un condominio. Dovevo far tacere le chiacchiere sul mio conto. E decisi che era arrivato il momento di farlo un sabato d'inverno, grigio come tutti gli altri.

Per noi più grandi, il sabato dopo la messa delle dieci c'era la libera uscita. Bastava rientrare per le sette.

Alle undici del mattino ero già in città e cercavo una donna. Doveva avere i capelli lunghi, per il resto andava bene qualsiasi cosa. All'una e trentacinque mangiavo una pizza. Mancava poco a Natale e i negozi erano aperti. C'era un bel viavai, e dalla porta a vetri della pizzeria guardavo i passanti. Poi la vidi. Bionda e con i capelli lunghi. Stava da sola. Un po' grassa, la faccia non era un granché. A dirla tutta, Myriam era meglio. Ma per quello che mi serviva andava bene. Avevo portato con me la mia macchina fotografica. Una Kodak di plastica. Avevo caricato il rullino. Ero pronto.

Uscii dalla pizzeria e cominciai a seguirla. Aveva delle buste in mano e doveva avere più o meno la mia età.

«Permette?» la fermai. «Mi chiamo Pietro, sono di Parma e conosco poco la città. Vedo che sta facendo i regali di Natale... posso chiederle di accompagnarmi? Magari mi fa vedere qualche negozio...»

Sorrise. Non le era mai capitato di essere fermata per strada. Aveva gli occhi marroni, un po' troppo grandi ed era vestita come una reginetta del pop inglese. I capelli erano tinti, e portava degli stivali bianchi al polpaccio. Io invece ero elegante, gentile, e facevo la mia figura pettinato col gel.

«Prego...» mi disse «io sono di Catanzaro... ma sono tre anni che sto qui a Torino.»

Camminammo insieme per un po'. Parlava a raffica, sembrava non vedesse l'ora di avere qualcuno su cui vomitare addosso anni di silenzio.

«E com'è che da Parma sei venuto a Torino?»

«Mio padre è un industriale... affari... e poi è una bella città!»

Lo dissi guardando intorno le macchine che

strombazzavano e i passanti infagottati che non ci degnavano di uno sguardo.

«Un po' fredda...» rispose lei «però c'è lavoro. Papà lavora alla Fiat.»

«La grande madre. Buffo, mio padre proprio con l'amministratore delegato della Fiat deve chiudere degli affari... la nostra fabbrica è un indotto della Fiat... ma fra qualche settimana ce ne torniamo a Parma.»

«E la scuola?»

«Macché scuola. Faccio l'università. Giurisprudenza. Da grande sarò avvocato, come papà.»

«Ah...» disse lei. Le luccicavano gli occhi. Mi stava facendo i conti in tasca. «Che devi comprare?»

«Una cosuccia a mia madre. Questo sembra il posto giusto.» E indicai una gioielleria. Lei deglutì ed entrammo.

Un commesso sui quaranta ci venne incontro sfregandosi le mani.

«Posso aiutarvi?»

«Sì... volevo vedere qualche bracciale... per mia madre.»

«Certo. Posso sapere che cifra desidera spendere?»

«Non lo so. Se una cosa è bella chi se ne importa della cifra, giusto?» e guardai la ragazza che annuì. «A proposito non so ancora il tuo nome. Io sono Pietro. Tu come ti chiami?»

«Mia... »

«Accidenti, pensavo fosse un pronome!» Lei mi guardò senza capire. «Era una battuta.»

Il gioielliere tornò con una serie di bracciali. Scelsi il più costoso, provandolo sul polso di Mia, che per poco non cadde per terra quando seppe il prezzo.

«Bene. Prendo questo.»

«Faccio un pacchetto?»

«No... mi dia un telefono.»

Il negoziante mi guardò di traverso. Poi mise sul bancone il telefono.

«Prego» mi disse «faccia pure.»

Composi il numero dell'istituto. Rispose Amerigo, il guardiano.

«Pronto Augusto? Sono Pietro...»

«Chi?» rispose dall'altra parte quel decorticato di Amerigo.

«Ascolta in via...» appoggiai una mano sulla cornetta e chiesi al gioielliere «che via è questa?»

«Corso Umberto I, al 155.»

«Allora Augusto, a corso Umberto I al 155 c'è una gioielleria. Lì troverai un pacchetto per me. Tu passa fra mezz'ora, paghi e lo metti nella mia stanza, chiaro?»

«Ma che cazzo stai dicendo?» urlava Amerigo. «Chi parla?»

«Mi raccomando non una parola con papà... è un segreto fra me e te... è il regalo di mamma... capito allora? Ripetimi l'indirizzo...»

«Ma chi parla... guarda che hai sbagliato numero!»

«Bravo!» gli dissi. «Sono seicentodiciassettemila lire. Prendi i miei soldi, stanno nella cassaforte, dietro lo specchio... grazie Augusto... ah, e non passarmi a prendere, torno col taxi... ciao ciao...»

«Ma vaffanculo, va!»

Misi giù la cornetta. Il gioielliere mi guardava senza capire.

«Allora fra mezz'ora passa Augusto, lo chauffeur di papà. Lo riconoscerà perché ha la divisa ed è l'uomo più brutto del mondo!» Risi insieme a Mia. «Lei prende i soldi e gli dà il pacchetto, è chiaro?»

«Chiaro...» rispose il gioielliere preso in contropiede. «Fra mezz'ora?»

«Sì, me lo tenga da parte per mezz'ora... non le sto chiedendo la luna.»

«No... assolutamente.»

Mia mi guardava come fossi un sultano. Aveva gli occhi umidi. Per strada il traffico era aumentato gonfiando le strade come un fiume in piena. Feci lo stesso trucco in un negozio di cristalli dove finsi di spendere altre trecentomila lire per mio padre. Sempre Augusto sarebbe passato a pagare e a ritirare la roba. E dire che se a mio padre non l'avessero messo in galera, io davvero potevo spendere così. Tutti i giorni, mica solo a Natale.

Poi fu semplicissimo. Offrii una spremuta a Mia, la portai al cinema finendo i soldi. Il film era una cosa di Bergman. Appena si spensero le luci la baciai. Mia non si oppose, anzi. Non provai niente. Come se avessi baciato un muro. Ma finsi un'eccitazione importante.

«Vieni...» le dissi.

Uscimmo dal cinema e da bravi maggiorenni prendemmo una stanza al D'Azeglio. Roba costosa. Salimmo su in camera. Lei sembrava un cagnolino. Qualsiasi cosa le avessi chiesto, l'avrebbe fatta. La spogliai. Io pensavo fosse solo imbacuccata di vestiti, invece era grasso. A rotoli. Nuda faceva schifo. La baciai e la gettai sul letto.

«L'hai... l'hai già fatto?» le chiesi.

Lei scoppiò a ridere. «Ho vent'anni che credi. Certo che l'ho già fatto... baciami.»

Mi avvicinai alle sue labbra.

«Non lì» mi disse. «Qui!» e si indicò il pube. Voleva che la baciassi lì.

Mi avvicinai. Sembrava una ferita aperta. Rossa con i peli tutt'intorno. Aveva un odore forte, nauseante. La guardavo. Sudavo e non sapevo che fare. Lei se ne stava con gli occhi chiusi aspettando il mio bacio. Mi avvicinai ancora di più. Esaminai meglio. C'erano le grandi labbra, che sono due pieghe formate dalla cute e sostenute dal grasso che circoscrivono la vulva. In alto, se le si allarga leggermente, spunta il clitoride, nascosto dalle piccole labbra. Al centro partono le pareti della vagina, che è un canale virtuale che si estende dalla vulva all'utero. Attraverso la vagina avviene il passaggio del flusso mestruale, delle secrezioni uterine e al momento del parto del feto e i suoi annessi. Io avrei dovuto baciarla. Era da scartare. Non si poteva fare. Mi alzai. Lei mi guardò.

«Vado un momento al bagno... non mi piace spogliarmi davanti a te...»

Mi sorrise. Prima di uscire dalla stanza, presi la macchina fotografica. Scattai due foto.

«Sei bella... ti voglio ricordare così...» mi sorrise di nuovo e si stiracchiò sui cuscini. «Vado in bagno...»

Uscii dalla stanza e dall'albergo. Erano le sei. Sarei rientrato in tempo all'istituto.

Non ero più omosessuale. Le due foto lo provavano. Ce l'ho ancora qui, davanti a me. Accidenti se era brutta. Solo ora mi viene da pensare: come avrà fatto a pagare il conto dell'albergo? Ci sarà voluta mezza liquidazione del padre.

30 marzo 2002, sabato

Un passo avanti nelle indagini. La macchina della vittima è stata ritrovata a duecento metri da Fontanefredde. Le supposizioni della polizia fioccano come una tormenta di neve. Sonia Franchi conosceva il suo carnefice. Lei e il fidanzato o l'amante si erano infrattati nel bosco e poi erano stati sorpresi dal maniaco? Poco probabile. L'uomo se la sarebbe cavata e avrebbe denunciato l'aggressore alla polizia. Allora il pazzo era in macchina con la Franchi. Quindi lo conosceva.

«E se gli avesse solo dato un passaggio?» suggerisce Pietro a Massimo che sta già al terzo Martini.

«Già, perché no...»

«E il fidanzato? Fabrizio Seganti?»

«Lavora ad Avezzano in un negozio di dischi. Ci sono almeno cento persone che lo possono confermare. E poi quel martedì sera pare abbiano lavorato fino a tardi per la catalogazione, una cosa così...»

«Allora aveva un amante.»

«Chissà Pietro...»

«Vedici la cosa positiva in questa storia Massimo...»

Il commissario guarda il fratello. Non gli è chiaro dove voglia arrivare.

«Sarebbe?»

«Sarebbe... più vittime fa il mostro più sei famoso. È un'equazione semplice semplice.»

«Ma che...»

«Fammi finire» lo interrompe Pietro «fammi dire. Tutta Italia ora ti conosce. Tutti aspettano la cattura del mostro. E quando questa avverrà, e sta' sicuro che avverrà, sarai il poliziotto del momento. Capisci? Se arresti qualcuno dopo uno o due omicidi sei nella norma, ma dopo cinque sei un Dio.»

«Cinque? Perché cinque?»

«È un esempio, Massimo. Tanto il quinto ci sarà, mettilo in banca.»

«Cazzo...»

«Mi gioco la carriera se non ti fanno questore, come minimo.»

«Sulla pelle di queste poverette?»

«Sono morte Massimo. È tuo dovere beccare il colpevole. Ti ripeto, vedici la cosa positiva. Più sale lui, più sali tu... resisti!»

Pietro gli afferra una mano e la stringe guardandolo negli occhi. Massimo si tocca la barba lunga. Sembra stia sorridendo, ma è una smorfia di dolore.

«Non l'avevo mai vista così.»

«Io sì.»

C'è un vantaggio a non essere poliziotti, e Pietro lo sa. È un giornalista e può venire a sapere cose che un poliziotto può solo immaginare. Perché interroga senza divisa. Non ci si sente stretti in un angolo e con le spalle al muro se un uomo qualunque in giacca sportiva e capelli lunghi ti fa qualche domanda. Ci si fida di più. Ci si apre, magari, e si dicono cose che davanti a un agente con le mostrine si tacciono. Avere a che fare con la legge è sempre una partita che un cittadino sente persa in partenza.

Fabrizio Seganti abita in via degli Orsini, in una località chiamata Pile. C'è un grosso supermercato, una fabbrica di salumi e casette basse circondate dalle montagne. Pietro scende dall'autobus e fa un pezzo di strada a piedi. Per terra è bagnato. Guarda infastidito il fango giallastro che gli si è attaccato alle scarpe.

Fabrizio vive da solo. Per il dolore della perdita se ne sta a casa, non va a lavorare e si alza dal letto solo per andare al bagno.

«Lei chi è? Che vuole?» abbaia come un cane lupo.

«Sono Pietro Sini, un giornalista...»

«Che palle!» dice Fabrizio con una voce cavernosa e falsa, si sente che non è la sua.

«Posso farti solo un paio di domande? Sto facendo un articolo su Sonia, anche la famiglia è d'accordo. Io sono qui per scagionarti, lo sai?»

«Infatti io non ho fatto niente.»

«Io lo so. Perché non lo facciamo sapere a tutti?»

Fabrizio fa entrare Pietro in casa. Pochi metri quadrati nel disordine più completo. Indossa un vecchio pigiama e ha i capelli sporchi. Si butta sul divano e si copre con una coperta logora.

«Allora che vuoi sapere?»

«Non vai più al lavoro...»

«Già...»

Pietro guarda le cartacce in terra. Scatolette di tonno, bottiglie di Peroni. Un letamaio. Si siede su una sedia spagliata.

«A guardare come vivi sembri un ricercato.»

«Perché non lo sono?»

Magro da fare impressione. Ogni volta che parla il gozzo fa su e giù. E nonostante abbia trent'anni, la faccia è piena di brufoli.

«Fabrizio io le ho passate, anche peggiori delle tue. Ho perso tutta la mia famiglia, quindi se pensi che non sappia quello che provi ti sbagli di grosso.»

Il ragazzo guarda fuori dalla finestra. Si vede il parcheggio del supermercato e si perde a osservare una signora che non riesce a fare manovra con la sua Range Rover.

«Chissà perché si comprano questi autobus se poi non li sanno guidare?»

Alle pareti ha appeso i manifesti dei personaggi dei videogiochi, diavoli e regine dello spazio. Va pazzo per quelle cose. Passa ore davanti alla televisione a smanettare su un joypad per sconfiggere nemici, risolvere trabocchetti, vincere il campionato di calcio o correre più veloce di Schumacher. La sua vita se ne va via così. E con qualche appuntamento con Sonia.

«L'amavo... e se potessi mettere le mani su quel figlio di puttana...»

«Lo so, l'ammazzeresti. Ma credici. Mica è facile ammazzare una persona.»

Fabrizio guarda il giornalista, lo studia, poi rigira la faccia verso la finestra. C'è un po' di sole che traffica fra le nuvole. Chiude gli occhi per sentirlo meglio sul viso. Gli cade una lacrima. Grossa. Da un occhio solo. Si asciuga con la federa del cuscino.

«Non aveva un amante. Sonia e io volevamo sposarci. Semmai io ogni tanto... facevo qualche cazzata... ma roba da ragazzi, sai com'è?»

«No, non lo so. Dimmelo.»

«Insomma incontri una che ti piace un sacco. Quella ti fa capire che te la darebbe pure... e tu la prendi. Fine. Basta. Non la senti più, non sai più niente di lei... più o meno come farsi una sega. È solo sesso. Niente amore.»

Pietro lo guarda. Fabrizio gli sorride. Cerca complicità. Pietro ricambia il sorriso, come due vecchi compagni di liceo.

«Tu sei fidanzato?» gli chiede.

«No. Io no!» risponde Pietro.

«Tutto sommato è meglio. Meno ansie, meno rotture... certo mica potevo immaginare che con Sonia sarebbe finita così... le pensi tutte, ma così proprio no.»

La vena del collo di Fabrizio pompa sangue con un bel ritmo.

«Cos'è che ti piace di 'sta roba?» gli chiede indicando i manifesti dei videogiochi.

«Mah... non lo so... giochi... devi battere gli avversari, devi essere più furbo e abile del computer... è divertente.»

«Sì. Vinci con gli avversari e ti senti più forte. Anche se è solo un gioco, no?»

«Sì, insomma... è... è bello.»

«Per chi nella vita non ha mai vinto, immagino di sì.» Fabrizio squadra Pietro. Deglutisce. Cerca di capire il senso di quelle parole.

«Oh, guarda che io nella vita ho vinto, che ti credi?»

«Che cosa?» chiede Pietro, sempre col sorriso sulle labbra.

«Bè... due gare campestri, un torneo di calcetto...»

«E un bel lavoro al negozio di dischi. Mica male per trent'anni di onorata carriera!»

Fabrizio si tira su, appoggiando i gomiti. Gli occhi come due bracieri.

«Senti un po'» esplode con una voce nasale e stridula, tutta il contrario di quella che ha usato fino ad adesso. Sembra una liceale. «Ma che cazzo vuoi da me, eh? Se sei venuto per rompere i coglioni, quella è la porta!»

«Perché t'arrabbi? Perché dico la verità? Andiamo Fabrizio, è così per tutti. Siamo sconfitti, chi più chi meno... sei in una grande famiglia. Guarda me. Pensi che io sia un vincente? Neanche per idea.»

«Io non l'ho toccata Sonia!»

Pietro annuisce in silenzio. Non stacca gli occhi da quelli di Fabrizio. Lo sa, chi molla per primo lo sguardo perde. E Pietro lo sguardo non lo molla mai. L'altro l'abbassa, come a cercarsi un pelo sulla coperta logora.

«Sonia era d'accordo a coprirti?»

Fabrizio lo guarda senza capire.

«Ti ho fatto una domanda. Se non era fidanzata con te, chi era il suo uomo?»

«Ma che cazzo stai dicendo?»

«Tu non eri il suo fidanzato. Lei ti copriva e andava bene così. Però se aveva un altro me lo devi dire!»

Fabrizio respira a fatica. Guarda il giornalista che continua a sorridere.

«È una cosa normale Fabrizio. Ci si impara a convivere piano piano. Allora, Sonia aveva un fidanzato vero o no?»

Giorgio fa cenno di no con la testa.

«Stava da sola?»

«Al momento... sì... aveva uno, che si è trasferito a Milano un anno fa e non l'ha più visto...»

«Sei sicuro che non vedeva nessuno? Pensaci bene... magari uno appena conosciuto.»

«Me... me l'avrebbe detto.»

«Adesso ti è saltata la copertura, non è così? Vabbe' Fabrizio, diciamo che tu eri l'ultima persona che voleva vederla morta... Diglielo, alla polizia.»

«Sei matto?» risponde Fabrizio quasi nascondendosi sotto la coperta. «E poi in città lo sapranno tutti! No... preferisco che mi sospettino...»

«Stai tranquillo Fabrizio, non ti torceranno un capello. Guardami. Ho detto guardami!»

Il ragazzo ha gli occhi umidi.

«Devi imparare a conviverci. E se questa città ti sta stretta, vattene. Ci sono posti migliori per vivere, lo sai?»

Pietro si alza dalla sedia spagliata. Arriva alla porta e si gira.

«E stai attento. Muovi troppo i polsi. Fai la voce cavernosa, ma si vede. O lo accetti o scegli un travestimento migliore. Così ti si scopre a distanza...»

«Non.. mi lasciare da solo... vieni qui...» Batte due volte con la mano sul letto.

«Non so che ti sei messo in testa, ma hai sbagliato persona.» Pietro apre la porta di casa.

«Senti... non lo dirai sull'articolo, vero?»

«Stai tranquillo. Rimane fra me e te. Stammi bene.»

E si chiude la porta alle spalle. Fabrizio cade sul letto a faccia in su, a guardare il soffitto. Piange. Ma non sta pensando a Sonia. Piange per lui. Perché nessuna persona gli dà una carezza come la vorrebbe sentire. Perché è costretto a fare l'amore in qualche latrina di un cinema a luci rosse o andare a Roma nelle saune a prendere quello che gli riesce. E ogni volta che lo fa, gli viene in mente la madre che gli ha preparato le lasagne e sorridendo gli chiede: «Quando me lo dai un nipotino?»

«Pronto?»

«Massimo sono Pietro... scordati Fabrizio Seganti. Non c'entra niente.»

«Ne sei sicuro?»

«Come io e te che stiamo parlando al telefono.»

«Grazie.»

Massimo abbassa la cornetta e torna sul divano. Seduta c'è sua moglie che si sta asciugando gli occhi. Sono al punto di non ritorno. Non c'è più analista di coppia che possa aggiustare le cose; e neppure senso di responsabilità verso i propri figli o la forza delle abitudini che li possa tenere insieme. Si guardano in silenzio. Si sono detti tutto quello che c'era da dire.

«Vado via io...» dice Gloria tirando su col naso.

«Sei matta? Assolutamente no. Tocca a me. Tu stai qui con Monica e Angela. Questa è casa loro.»

«Ci ho provato Massimo... Dio solo lo sa.»

«Vorrei poter dire lo stesso... Lo vuoi un caffè?»

Lei fa cenno di no con la testa. Massimo si alza e va in cucina. Che bravo che sono, pensa, dopo quindici anni ho ottenuto lo stesso risultato dei miei genitori. Almeno non ci siamo tirati dietro i piatti e le tazzine...

Vede le sue figlie Monica e Angela abbandonate con la madre, come lui e Pietro. Non ha retto. Non ce l'ha fatta. È evidente che l'ereditarietà fa brutti scherzi. Spera solo che Gloria sia più forte di sua madre. Che non si spappoli nello scontro frontale con la quotidianità. Ma ci sono buone possibilità che ce la faccia. Ha una tempra di ferro, e dopotutto lui non è il mostro delle Cinque Terre.

Il caffè brontola. Massimo se ne versa una tazzina. Guarda la moglie seduta sul divano di velluto che si tiene un cuscino sullo stomaco, come se avesse la febbre. La cosa è semplice. Non lo ama più. Il matrimonio gli è sfuggito di mano come una saponetta viscida sotto la doccia, e ora la vede galleggiare incerta sull'acqua gorgogliante. Lui però può ancora provare a chinarsi, riafferrarla e riprendere a insaponarsi. Prima però che il getto bollente la sciolga facendola colare definitivamente nelle tubature.

«Gloria, tu hai un altro?»

La moglie lo guarda. Si alza di scatto, lasciando sul cuscino di velluto la forma del sedere.

«Non c'è nessuno Massimo. Non c'è mai stato nessuno. E sinceramente da te mi aspettavo qualcosa di più originale.»

Se ne sale in camera sua. Massimo guarda il divano dove gli toccherà dormire fino a quando non avrà trovato una nuova sistemazione decente. Non può pensare di stendersi accanto a Gloria, di sentire i suoi piedi freddi, il suo respiro, dividere le due piazze con una donna che non lo ama più. Perché a quella storia dell'amante, lui non ha creduto, neppure per un attimo.

La porta dell'istituto si spalancò e vomitò fuori quattro ragazzi, sotto un cielo azzurro d'estate. Eravamo tutti elettrici come fili di rame scoperti, sapevamo che là dentro non dovevamo più tornarci. Ormai maggiorenni, davanti a noi si apriva il futuro. Ad aspettarmi c'erano i miei zii, Roberto e Angela. Mi abbracciarono. Mi fecero salire in macchina e ce ne andammo da quel posto, da quella città. Torino non l'avrei più rivista. Tornavo a Parma, dopo tanti anni. E non sapevo cosa ci avrei trovato.

In realtà la città era identica a come l'avevo lasciata. Era cambiata la gestione di qualche negozio, Benetton sul corso non c'era, ed era esplosa la moda degli aperitivi. Tutti seduti ai tavolini a prendersi il sole e a bere intrugli colorati.

I miei zii abitavano in centro. Una bella casa a due piani. Mi dettero una stanza, tutta per me. Mi sedetti sul letto e mi lasciarono solo. Dalla finestra potevo osservare la gente che camminava su e giù. Dei pendoli che segnavano il passaggio del tempo.

Per una settimana me ne andai in giro senza una meta precisa. Guardavo le persone, e cercavo di vedere se fra quelle facce si nascondesse un bambino che una volta conoscevo. Ma niente, estranei per lo più.

Una domenica presi un taxi e andai a vedere la mia vecchia casa. Volevo sapere che effetto faceva.

Scesi dalla vettura e mi incamminai verso il cancello col cuore che saltellava frenetico nella cassa toracica. Mi aggrappai alla cancellata. E la vidi. L'avevano ridipinta di giallo. Non c'era più il campo da tennis. Al suo posto una serra, bassa e coi vetri appannati. C'erano ancora le due altalene appese al ramo della quercia. Quelle che io e mio fratello usavamo per fare le gare a chi andava più in alto, verso Giove e la luna. Io ero sempre Collins, lui Armstrong. Quando eravamo al massimo della spinta, tiravamo la testa all'indietro. E il cielo era la terra, la terra il cielo. Io chiudevo gli occhi e per un momento non ero più io, volavo fendendo le stelle, lo stomaco era nei piedi, i piedi nella testa.

Per riprovare quella sensazione ho dovuto aspettare tanti anni. Troppi. Ma ne è valsa la pena.

I denti di una bestia nera si snudarono di fronte a me. Un rottweiler grosso e tozzo come un macigno latrava e sbavava sui ferri del cancello. Mi avrebbe fatto a pezzi se avesse potuto. Lo lasciai lì e mi incamminai lungo il perimetro del giardino. Nel muro, a est, c'era una grossa crepa che mia madre aveva nascosto con l'edera. Era un buon posto per arrampicarsi. L'aveva usata pure Iatta, il giornalista che sorprese me e mio fratello nel campo da tennis.

La crepa c'era ancora. Puntai i piedi sui primi mattoni snudati e mi tirai su con la forza delle braccia. Fu molto facile. Mi sedetti sul muro di cinta, vicino al boschetto di olmi che per me e Massimo era la giungla vietnamita. Avevo una vertigine, una spinta che mi diceva: «Entra! Vai a vedere!» ma c'era il cerbero di guardia, mi avrebbe spolpato in un minuto.

Il cancello della villa si aprì e una Mercedes entrò nel giardino. Il cane gli andò incontro scodinzolando la sua coda tozza. Erano i nuovi padroni. Li osservai scendere dalla macchina. Una coppia sui quarant'anni. Potevano essere papà e mia madre sedici anni fa. Con loro due bambini biondi ed eleganti. Io e Massimo, pensai. Si misero a giocare col cane mentre i genitori entrarono in casa portando dentro gli scatoloni di un supermercato. Eccola là. Una famiglia felice. Una famiglia come ce l'avevo io. Anzi noi eravamo molto più felici. Sicuramente più ricchi.

Li odiavo. Stavano usurpando il mio passato e s'erano appropriati del mio futuro. Ma mi faceva male il culo a stare seduto sul muretto. Scesi con un mezzo salto e mi ritrovai in strada. Mi diressi alla stazioncina degli autobus e tornai in città. Appena entrato in casa dei miei zii sentii una cosa strana. Come un brivido buio correre lungo il cervello. La vista mi si appannò per un attimo, e tutte le immagini della mia infanzia finirono in un sacco nero. Compreso mio padre che mi allisciava i capelli bagnati dopo che avevo fatto la doccia. E mi accarezzava le spalle, e mi diceva parole dolci, d'amore. Nessuno me le ha più dette così. Neanche mia madre, che le dedicava più alla sua bottiglia che a me e Massimo. E che se n'è andata senza pensare che ci lasciava così, da soli, senza una traccia da seguire.

Quando mi risvegliai da quello stato, curioso, non ricordavo più come era fatta la mia vecchia casa.

Il giorno dopo cominciai a lavorare con mio zio. Era il giugno 1986. Avevo diciannove anni.

2 aprile 2002, martedì

Annalisa ha un sogno e sa che un giorno si avvererà. E sa che pulire i cessi dell'Autogrill, servire i caffè e mettere a posto i dolci sulle scansie è una cosa temporanea. Deve portare i soldi a casa. Ma sa anche che un giorno prenderà il pullman e se ne andrà a Roma dove sua cugina Michela l'aspetta. Ha tutte le fortune, quella. È ricca, bella e si sta laureando in lettere. Conosce un sacco di gente a Roma. Gente che ha letto già qualche suo racconto. E sono piaciuti. Annalisa se li scrive in testa durante i turni all'Autogrill, poi torna a casa e passa due ore a fermarli sul quaderno, che sennò il sonno se li porta via come l'acqua con il fango. Un computer ancora non ce l'ha. E neanche un fidanzato. Lei non è bella come Michela. Ha un naso troppo grosso e due nei enormi quasi la sfigurano. Poi le mancano due denti, uno sotto e uno sopra. Deve rimetterli, sennò le tocca continuare a ridere di lato. Ci vogliono tremila euro. Lo farà appena andrà a Roma.

Da qualche giorno va nel piazzale di Fontanefredde. Dove hanno trovato quella poveretta, Sonia Franchi. Dall'Autogrill sono due passi. Adesso non è più un posto per i funghi e le scampagnate. È diventato un bosco pieno di fantasmi. Ma Annalisa non riesce a staccarsi da lì. Ci passa sempre la sua pausa pranzo. E ogni scricchiolio, ogni pigna che cade, la fa trasalire come se fosse un'imboscata. Ma le vengono le idee. Parla con Sonia Franchi. Di lei sa quello che hanno scritto i giornali, ma la storia che vuole raccontare è un'altra. La storia d'amore con un uomo più vecchio di lei, un padre che non ha mai avuto, e la convivenza con un fidanzato stupido e immaturo. Lei combattuta fra questi due amori. Lei che troverà la morte non per un maniaco omicida. Assolutamente no. Lei troverà la morte perché la vuole, la cerca da quando è nata. È come un bubbone che ha sempre avuto e che all'improvviso esplode tutto il suo pus. Non ha alternativa se non quella di morire.

Perché, pensa, perché magari il suo vero amore se n'è andato, o l'ha tradita...

«Annalì, vai alla cassa per piacere?» le urla Giustino, che da solo al bar non ce la fa. Ci sono i camionisti da servire e tre vigili del fuoco aspettano il loro caffè.

Annalisa lascia lo straccio e la ramazza, si pulisce le mani sulla tuta da lavoro e si mette alla cassa.

«Prego?»

«Un amaro... grazie.»

Batte lo scontrino, incassa i soldi, dà il resto.

«Lei signora?»

«Perché non ci sono le uova di Pasqua?»

«Sono finite.»

«Allora un succo d'arancia o avete finito pure quello?»

«A lei signora...»

Batte lo scontrino. Incassa i soldi e dà il resto.

No, lei si uccide perché scopre che il suo amore in realtà è...

«...macchiato freddo grazie...»

«Mi scusi?»

«Dicevo un caffè macchiato freddo... grazie...»

Batte lo scontrino. Quest'uomo la guarda intensamente. Ha qualcosa negli occhi che la mette in imbarazzo. Un piacevole imbarazzo, però. Non l'ha mai visto. Non è brutto, con quei capelli lunghi...

«Prego» gli consegna lo scontrino. L'uomo ha pagato 80 centesimi precisi e se ne va al banco a consumare, senza sorridere.

Pietro sorseggia il suo caffè macchiato freddo. Si guarda intorno nell'Autogrill pieno di vigili del fuoco e camionisti. Una signora grassa cerca di scansarlo per farsi spazio al bancone.

«La mia spremuta d'arancia!» urla brandendo il suo scontrino.

Il barman poggia il bicchiere arancione sul piattino. Pietro con un colpo rapido di gomito lo fa cadere a terra. Poi guarda la signora che lo osserva spaventata, le si avvicina all'orecchio e le sussurra dolcemente: «Si può anche chiedere gentilmente, lo sa?»

«Che dice?»

«Dico, se vuole un po' di posto lo può chiedere gentilmente, non c'è bisogno di fracassarmi il costato... mi stia bene.»

Finisce di bere il suo caffè ed esce dal bar.

Annalisa lo guarda. Non ha perso un momento di quella scena. Le è piaciuto come si è comportato quell'uomo, anche se adesso le tocca pulire il pavimento. Ma lo fa con gusto. La signora se lo meritava.

Al giornale fui assunto da mio zio e cominciai dalla gavetta, in tipografia. Lavoro manuale. Avevo un compito che non richiedeva impegno, dovevo portare le bozze da una parte all'altra. Più che altro lasciavo passare i giorni.

Con me lavorava Alberto, che aveva due anni più di me e molti punti di QI in meno. Era poco più di un mentecatto, ma mi tornava utile. Fumava la roba migliore che si poteva trovare a Parma. In più aveva una sorella stupida come lui, ma con un corpo bellissimo. Monica, si chiamava. Abitavano al quartiere Isola, il peggio che la città potesse offrire. Lì le attività andavano dalle rapine alle risse con quelli del quartiere Montanari. Erano poveri, e mischiarmi con loro mi eccitava. Io sarei stato operaio per poco, quello era un apprendistato. Alberto invece era all'apice della carriera. Lo stesso Monica che serviva dietro il bancone di una rosticceria.

La sera uscivamo spesso insieme. E Monica spalancava la bocca come colta da un estasi mistico-religiosa quando vedeva la casa dei miei zii dove abitavo. Non poteva capacitarsi, la poveretta, di come un semplice operaio di tipografia potesse vivere a cento metri dal battistero in un palazzo che trasudava denaro da ogni finestra. Mi limitavo a sorriderle. Lei mi guardava coi suoi occhi azzurri spenti che non parlavano. In mezzo aveva un nasino francese, e le gambe lunghe sembravano braccia di un compasso.

«Io a mia sorella ci tengo più di ogni altra cosa» diceva Alberto, e si vedeva. La proteggeva con le sue spalle di novanta centimetri e il fisico di chi doveva fare sport, non il tipografo.

A casa loro c'era solo la madre, piccola e indifesa. Qualcosa l'accomunava con la mia. La bottiglia. Alberto pendeva dalle mie labbra, percepiva la mia superiorità come un cane capisce che davanti a un capo branco bisogna gettarsi a terra e offrire il collo. Lui, che era un gigante e mi avrebbe potuto spezzare come un ramoscello, si sottometteva senza neanche combattere. Avevo accesso alla sua vita e alla sua famiglia come e quando volevo. Alberto sapeva che prendevo Monica quasi ogni sera in una stanza d'albergo, quando lei smontava dalla rosticceria, e la scopavo nonostante puzzasse di fritto e unto andato a male. Era come se lo facessi con tutti e due. Sapevo che penetrando Monica stavo penetrando anche Alberto. E non mi preoccupavo mai di soddisfare il suo corpo, pensavo solo al mio. Lei per me era una macchia nel letto. Il resto era nella mia testa.

Non fu difficile convincerli, Alberto e i suoi amici. Si trattava di una gioielleria di Reggio. Un vecchio negozio con i due proprietari oltre i settanta. Senza antifurti e telecamere. Ci potevi entrare come se fosse un panificio. Facemmo una settimana di appostamenti, a turno, dandoci malati al giornale. Io, Alberto e suo cugino Federico che non aveva un lavoro, a parte vendere hashish all'uscita dei licei. Un sabato mattina partimmo per Reggio. Mezz'ora ed eravamo davanti alla gioielleria. La strada era poco frequentata. Noi miravamo ai gioielli. Fu molto semplice. Entrai per primo con gli occhiali da sole e colpii la vecchia che cadde per terra e non si rialzò più. Alberto e Federico immobilizzarono il marito. Lo bendarono con lo scotch. Poi prendemmo tutto il prendibile dalle vetrine. Trovammo la cassaforte ma era chiusa.

«La combinazione!» intimai al vecchio. Che non mi rispose. Lo colpii con un calcio in pieno viso. «Ho detto la combinazione, deficiente... sennò ti spacco il culo! Prima a te e poi a tua moglie.»

Ancora la ricordo. 3 a sinistra 5 a destra 2 a sinistra. Tac! Era piena di parure. Niente male. Afferrammo le borse piene e uscimmo.

Lo lessi il giorno dopo sulle bozze del giornale che trasportavo da una parte all'altra della tipografia. Una banda aveva rapinato la gioielleria Dazzi, a Reggio Emilia, in via don Minzoni. Il bottino ammontava a diversi milioni in preziosi. Io non presi mai la mia parte. Lasciai tutto ad Alberto e Federico. Mi bastava l'eccitazione di vedere sul giornale la notizia riportata... Dio solo lo sa, se avrei voluto dire a tutti che ero stato io!

7 aprile 2002, domenica. Ore 17.15

«Ha un senso secondo te?» chiede Massimo a suo fratello. Gli specchi del caffè Eden moltiplicano le loro immagini e Pietro può vedere Massimo da ogni punto di vista. Schiena, laterale, davanti. Si sente circondato da suo fratello, col suo tre quarti di pelle nera che lo fa sembrare più un metronotte che il commissario capo.

«No... non lo so... vediamo. Il primo delitto è del 20 giugno 2001. Loredana Leontini. Poi il 20 luglio Francesca Minutillo e il 20 agosto Antonella Farinotti.»

«Già. Poi si è fermato. Il 20 settembre non è accaduto nulla. E neanche a ottobre e novembre. Ora ha colpito di nuovo... perché ha aspettato tutto questo tempo?»

Sette mesi sono tanti. Una pausa lunga, per uno che colpisce con la scadenza di una bolletta.

«Cioè, è come se fosse andato in letargo» dice Massimo mentre si scola il terzo Martini.

«Ma ora siamo ad aprile. Se fosse in letargo ci starebbe ancora, no?»

«Appunto...»

«Avete controllato? Magari è stato arrestato, oppure se n'era andato all'estero...»

«Già fatto. Niente. Avevamo un paio di nomi ma non coincidono le date. Se è di questa città, si è solo fermato. Così» e schiocca le dita «come se avesse perso l'ispirazione.»

Pietro guarda il piccolo fremito della mano destra di suo fratello. La sua voglia di un quarto Martini e le borse sotto gli occhi.

«Vuole le prime pagine!» spara Pietro, colpito da una rivelazione improvvisa.

Massimo strizza un po' gli occhi, e a Pietro gli sembra abbia la stessa faccia di quando lo minacciava dicendo: «Vatti a nascondere in Tibet».

«Vuole essere la notizia più importante. Vuole attenzione.»

«E allora?»

«Pensa a cos'è successo a settembre... l'11 settembre!» Massimo sgrana gli occhi. C'è un senso in quello che Pietro sta dicendo.

«Tutti i giornali, noi per primi, abbiamo solo parlato di quello. Per mesi. E il terrorismo internazionale, e Al Qaeda, i venti di guerra... i miei articoli di cronaca si ridussero a trafiletti. Era il fatto del giorno. Cosa vuoi che interessi alla comunità l'omicidio di una persona, per quanto efferato, in confronto a due aerei che si schiantano su due grattacieli gemelli, alla gente in fiamme che si lancia da centinaia di metri, ai pompieri che muoiono per salvare più persone possibili? Niente, una goccia nell'oceano... ha aspettato che il fuoco si calmasse.»

Il commissario si alza dal tavolo. Si fa un giro nell'enorme sala da tè, come per sgranchirsi le gambe. Ma sta pensando. Nella testa gli tornano in mente i giganti di cemento e ferro abbattuti come costruzioni del Lego. Impiegati che si lanciavano da centinaia di metri, convinti che la Provvidenza gli avrebbe fatto spuntare un paio di ali salvandogli la pelle, per poi riunirli alle mogli e ai figli come ogni sera davanti al Letterman Show.

Massimo si affaccia nel bar. «Pino? Mi porti un Martini? Grazie!»

Poi torna seduto accanto al fratello.

«Può essere, Pietro... può essere... anche se... va bene, d'accordo è un narciso... ma siamo punto e a capo...»

Massimo si allunga sulla sedia, il vecchio giaccone di pelle scrocchia. Si mette le mani in tasca. Tira fuori un filo di nylon arrotolato e lo mostra a Pietro.

«Le cuce con uno simile...»

Pietro lo prende in mano. Massimo gli spiega. La Scientifica di Bologna aveva riconosciuto che il filo da pesca usato dal maniaco per suturare le vittime proveniva da una stessa bobina. Un normale filo di nylon, diametro 0,35 di quelli che si possono trovare in vendita presso qualsiasi negozio di sport.

«Esattamente uguale a questo. Ed è stato tagliato da un oggetto con una sola lama» continua Massimo. «Un bisturi o una taglierina. Escludiamo le forbici.»

È la terza volta che gli descrive i particolari. Pietro ormai conosce a memoria, passo per passo, tutte le azioni dell'assassino. E se si concentrasse, ne potrebbe percepire anche i pensieri.

«Mi stai istruendo come se fossi uno della tua squadra Massimo. Ne so più io dei tuoi ispettori. Per esempio, la storia della moquette grigia, è un indizio, no?»

«Stiamo facendo qualcosa. Ma non è una passeggiata. Pietro, siamo più di sessantatremila solo in città... senza contare la provincia, i non residenti. Ammesso sempre che il proprietario di quella moquette risieda qui da noi. Sai? Solo sul corso tredici negozi usano quel tipo di moquette e di quel colore...»

Massimo si accende una sigaretta.

«Ti ammazzano 'ste cose, lo sai?»

«Lo so. Senti Pietro mi devi dare una mano. Mi serve un articolo che lo faccia incazzare e lo posso chiedere solo a te. Che gli faccia capire che gli stiamo addosso. Anche roba falsa... una cosa che lo faccia uscire allo scoperto...»

«Cioè, aspetti che colpisca di nuovo?»

«L'hai detto anche tu che un quinto omicidio è inevitabile, no? In questo casino è l'unica certezza che ho. Se non colpisce io non ho proiettili nel fucile... Pietro, deve colpire! E io devo sperare che faccia una cazzata. Ho alternative?»

«Va bene» dice Pietro tirando un respiro, come se volesse mollare una tensione che gli sta massacrando lo stomaco.

«Ti porto la bozza a casa così la vedi prima che vada in stampa.»

«No. Vengo io. Casa mia... non è più casa mia.»

«Che vuoi dire?»

«Quello che ho detto Pietro.»

Stavolta è Pietro che si alza. «Cioè tu e Gloria vi siete... lasciati?» e dice «lasciati» come se stesse vomitando una pietra.

«Sì...»

«Porca puttana!» e dà un pugno sul tavolino. Cadono due bicchieri a terra. Pino si affaccia dal bar.

«Tutto bene?»

Massimo lo tranquillizza con un gesto. Pietro si mette a girare intorno al tavolo, come una bestia in cattività. Si guarda intorno. Ma i pensieri si stanno vomitando terribili dentro le sue cellule cerebrali. Sono madri ubriache, padri silenziosi, colpi di bastone, rane che saltano nella notte con il dorso in fiamme, mattonelle screpolate, bambini in lacrime, e l'odore... l'odore che sente non è più quel misto di noce moscata e limone che regna nella sala da tè. Ora è l'odore della pastina in brodo mista a muffa, è l'odore della casa al mare in Liguria. Vorrebbe dire qualcosa al fratello. Lo guarda. Apre la bocca. Ma c'è una mano nera che gli chiude l'esofago, che quasi non lo fa respirare.

«Io... io...»

Afferra le chiavi di casa che ha lasciato sul tavolino e se ne va. Massimo lo guarda infilare la porta del bar, poi lo vede camminare sul corso. Non s'è neanche chiuso la giacca, e il freddo gli sta martellando il petto. Massimo vorrebbe uscire e abbracciarlo, coprirlo, rimettergli la sciarpa, difenderlo dal vento del Gran Sasso. Ma non ce la fa. Rimane seduto. Spaventato.

IL MOSTRO HA LE ORE CONTATE

Lo stiamo per prendere

di Pietro Sini

«Non siamo lontani dal killer. Lo stiamo per prendere.» Queste poche parole del commissario Sini bastano per capire il clima di ottimismo che si respira tra inquirenti e forze dello Stato. È certo che la comunità tirerebbe un respiro di sollievo se sapesse che il killer è stato consegnato nelle mani della giustizia. Ieri sera, davanti al commissariato, centinaia di nostri concittadini hanno dimostrato pacificamente nelle strade alla luce delle fiaccole, chiedendo sicurezza e invocando la cattura del mostro. Una scena che aveva il sapore dei vecchi film su Frankenstein, dove la popolazione parte alla caccia della creatura mostruosa per giustiziarla. Non siamo lontani dalla voglia medievale di trovare il colpevole e appenderlo all'albero più alto della piazza. Il killer si sente protetto dall'oscurità nella quale riesce a nascondersi, come quegli insetti fastidiosi che aspettano la luce del sole per uscire dai tubi di scarico e sgambettare per le cucine. «Ma spesso basta il tacco di una scarpa per schiacciarli definitivamente» aggiunge il dottor Sini «ed è quello il destino che lo attende. Non è niente di più di un insetto molesto, uno scarafaggio, anche se il nostro si vede come un eroe, come un personaggio mitologico.» La sfida che le forze di polizia gli hanno lanciato è chiara e non ha appelli. Questo verme, non me ne voglia il lettore ma non mi vengono altri sostantivi per definirlo, che colpisce solo donne indifese, non può, non deve godere delle libertà riconosciute dalla nostra costituzione. Non ha gli stessi diritti dei cittadini onesti che lavorano per la famiglia, per un futuro migliore per loro e per i loro figli. Ed è solo questione di tempo, ma finirà nella cella che già lo sta aspettando. Sì, perché secondo un'indiscrezione una traccia organica trovata sull'automobile dell'ultima vittima starebbe portando le forze di polizia molto vicine al mostro. Ora l'esame del dna su cui lavorano gli uomini del Ris di Parma potrebbe fornire dati molto incoraggianti per l'individuazione dell'assassino. «Aspettavamo un suo passo falso, ora speriamo che il tempo sia dalla nostra» ha dichiarato il capo delle indagini, il gip De Crescenzo, coadiuvato dal commissario Sini.

E ce lo auguriamo tutti. Quando l'assassino sarà assicurato alla giustizia, non avrà neanche gli onori della cronaca. È promessa del nostro giornale e di tutte le testate nazionali di non celebrare questo delinquente se non con l'articolo della sua cattura. Come un giorno di festa per l'eliminazione di un morbo molesto.

Per molte persone fare la lavatrice o i lavori di casa è una cosa frustrante, ed è una perdita di tempo. Non sanno che è il momento dell'ordine interiore. E che è un segno di grande rispetto verso sé stessi e verso il mondo che ci ospita mantenere, incoraggiare quell'ordine naturale.

È bello avere le mutande ripiegate nel cassetto. Dal nero si sfuma al grigio, poi si mettono quelle blu, avion, le azzurre e si finisce con quelle bianche. I calzini è più semplice. Sono tutti neri. Lo stesso vale per la camicie e i maglioni. Vanno messi in ordine cromatico. Accanto le giacche e per ultimi i pantaloni. Cravatte e fazzoletti vanno ripiegati a cubo e messi nei cassetti.

E questo vale anche per la cucina. Dove le pentole stanno in ordine di grandezza. I piatti fondi separati dai piani. Le posate alloggiano ognuna nel suo posto. Una forchetta che cade fra i cucchiai può rovinare una giornata.

Se entraste a casa mia pensereste di essere in una sala operatoria. Io ho tutto in perfetto ordine, catalogato. E trovo tutto. Non mi sfugge niente. Le cose più importanti le tengo appese a un pannello proprio davanti al mio computer. Ci sono i ritagli dei giornali, i miei articoli e quelli degli altri quotidiani. Le foto di Francesca, Loredana, Antonella e dell'ultima, Sonia. Sono perfettamente allineate e sotto ogni foto c'è la data del loro omicidio. Più le foto che Mutti ha preso sulle scene del crimine. Mi basta dare un'occhiata al pannello per avere un riassunto fedele di questi quattro omicidi. Niente è lasciato al caso. Se non si pianifica, si rischia l'errore, e questo francamente non posso permettermelo. Soprattutto per Massimo. Che deve prendere il mostro, lo deve mettere in galera e buttare la chiave. Io ho già pronto l'articolo per quando avverrà. Il titolo è: «Catturato! Un grazie al commissario Sini!» E quel giorno brinderemo alla sua promozione, Gloria e le bambine torneranno a casa, saranno una vera famiglia, le figlie avranno un papà e una mamma, pieni di premure e di amore e non le abbandoneranno mai. Le cresceranno, diventeranno adulte senza mai nascondersi nel buio, potranno guardare in faccia il sole senza paura, perché sanno su chi contare, perché la strada gliel'hanno insegnata. Vivranno felici, si sposeranno e faranno altri figli che ameranno e rispetteranno e nutriranno con amore. Massimo guarderà i suoi nipoti crescere, sapendo che lì c'è una goccia del suo sangue. Ha lasciato la sua traccia, e quando da vecchio chiuderà gli occhi e Gloria gli terrà la mano, lui sarà felice, perché la sua vita è stata ben vissuta.

Tutto questo succederà, io ne sono certo. Basta avere un po' di pazienza. È una cosa matematica.

Fu il 2 novembre che rividi Massimo. Nel cimitero avevano messo papà e mia madre vicini. Qualcuno, molti anni prima, aveva imbrattato la lapide di mio padre. Ci aveva scritto «Brucia all'inferno!» con la vernice rossa e aveva spaccato la testa dell'angelo di marmo che zio Roberto aveva fatto piazzare in alto.

Sulle tombe non avevamo messo le foto. Tanto sia io che Massimo ricordavamo le facce di papà e di mia madre, gli estranei che passavano di lì non avrebbero avuto bisogno di contemplare i loro visi. Che per loro non erano niente, due facce fra la folla di morti. E poi sicuramente qualcuno avrebbe potuto sfregiare la foto di papà. E questo non lo potevo più permettere.

Massimo lavorava in polizia. Era ispettore capo ad Ancona. Si era sposato con Gloria e aspettavano il primo figlio. Ci abbracciammo. Non ci facemmo domande tipo «Come va?» oppure «Che stai facendo?» Lui mi sussurrò in un orecchio: «Sono stato molto solo». Tutto qui. Lo abbracciai e scoppiammo a piangere. Non mi succedeva da anni. Mi fece bene. Lasciai rotolare le lacrime sulle guance senza riuscirmi a staccare da mio fratello. Poi zio Roberto ci portò a mangiare. E la sera Massimo se ne tornò ad Ancona.

Non ero più in tipografia. Mi avevano passato in redazione. Dovevo controllare i bollettini meteo e smistare le notizie ANSA ai caporedattori. Roba molto facile. Mi ero preso in affitto un paio di stanze in via Emilio Casa, proprio accanto alla redazione. Casa e Chiesa.

«Buongiorno Pietro...» sussurrò Monica appena aperti gli occhi.

Aveva dormito da me per la prima volta. Io invece non avevo chiuso occhio. Ero stato sveglio a contare stelle e matite sulla mia scrivania. Sentivo il suo respiro. Un respiro estraneo, un corpo estraneo, un odore estraneo. E non mi piaceva.

«Dormito bene?» le chiesi senza voltarmi verso di lei.

«Benissimo. Qui non c'è rumore.»

Lì al quartiere Isola a casa di sua madre, le sfrecciavano le macchine sotto la finestra.

«Eri stanco ieri sera...»

«Sì...»

«Anche stamattina?» mi invitò con gli occhi.

Voleva scopare. Mi avvicinai al letto. Mi chinai verso di lei che mi baciò. Aveva l'alito di sigaretta e denti andati a male. Mi venne da vomitare.

«No» le dissi.

«No cosa?»

«Te ne devi andare. Hai dormito qui, ora lavati e vai a casa o a lavorare o dove preferisci. Non ti voglio qui.»

Non rispose. Si alzò dal letto, lentamente. Andò in bagno e sentii che apriva l'acqua della doccia. Avrei dovuto ripulire, cambiare le lenzuola del letto e metterle subito in lavatrice. Erano impregnate del suo odore. Mi preparai il caffè. Tre cucchiaini di miscela, con la carta stagnola sotto la fiamma altrimenti si sporca la macchina del gas, perché non c'è verso, la caffettiera perde sempre. Lei uscì dal bagno con addosso il mio accappatoio.

«Ti avevo preparato un asciugamano. Non l'hai visto?»

Monica per tutta risposta si strinse nel mio accappatoio. «Così mi piace di più... è come se mi abbracciassi» disse con gli occhi umidi e un sorriso accennato sulle labbra. Ci considerava una coppia. Aveva appena messo piede in casa, e già si immaginava la chiesa, gli inviti, il banchetto e la luna di miele. Usava il mio accappatoio come la mia casa, per stringersi le spalle, sentirsi più sicura, magari, senza pensare che stava solo sporcando dappertutto. Le afferrai un braccio. Ci misi parecchia forza, e lei mi guardò prima stupita, poi nei suoi occhi lessi la paura. La misi in ginocchio. Le afferrai la testa. Non doveva parlare, non doveva dire niente. Tirai fuori l'uccello e glielo infilai in bocca. Chiusi gli occhi. Lei andava su e giù. Lo sapeva fare. A darle un voto, otto non sarebbe stato esagerato. Percorreva l'attrezzo per tutta la sua lunghezza, alternava le labbra alla lingua e mi guardava, come se si aspettasse una parola di incoraggiamento. Meglio, mi guardava e mi stava dicendo: «Lo vedi chi è che conduce il gioco?» Pensava di essere lei a comandare, e il fatto stesso di tenerlo in mano e in bocca le dava un'autorità su di me, sulle mie emozioni, sul mio cervello. Peggio, sul mio corpo. La afferrai per i capelli, la rimisi in piedi e la portai al divano. Fu un attimo piegarla a metà e penetrarla, da dietro, come l'iniziazione che facevo a Gino all'istituto. E senza usare il sapone. C'era lo stesso odore dei gabinetti del collegio, intorno a me le stesse mattonelle screpolate azzurre e bianche. Sotto di me c'era ancora Gino, che aveva un'erezione mentre lo penetravo. Poi Gino diventava Monica con gli occhi chiusi e una smorfia di dolore sul viso che cercava di strizzarmi i testicoli con le sue mani abituate a maneggiare crocchette e tranci di pizza. Mani forse ancora unte di strutto e lardo. Poi Monica diventò Alberto. Con le spalle ampie e il sorriso stupido. E le sue mani sempre sporche d'inchiostro di piombo. Mani tozze come salsicce. Gambe muscolose che tremavano a ogni colpo dei miei reni. Poi si coprì col cappotto di cammello di mio padre, e io non ero più io, e Alberto era mio padre. Che mi accarezzava nella vasca da bagno e provava a vedere se il mio uccello si scappellasse bene, facendolo andare su e giù, per oliarlo, come il suo che era oliato alla perfezione e che sembrava poco più grande del mio, e diceva tanto non ti farà male. Non mi faceva male, infatti io non ero più io, ero mia madre, e sulla vasca ci stava lei. Io ero già in camera mia, sotto le coperte e mi leggevo Tex. Quello che facevano papà e mia madre nel gabinetto non era affar mio. Io stavo al caldo, al sicuro e mi addormentavo tranquillo.

9 aprile 2002, martedì

Oggi è il giorno libero di Annalisa, e lei ha deciso che se ne starà a casa. Ha molto da fare. Il racconto nella sua testa ha finalmente preso una forma, la trama la convince. Non ha ancora chiaro il finale e nè se altri personaggi non previsti entreranno a far parte della storia. Tanto le succede sempre così. L'ultimo racconto che aveva scritto avrebbe dovuto parlare di un sindaco corrotto insieme a tutta la giunta comunale. L'aveva ambientato a Pescara. Il racconto cominciava con un pescatore trovato morto sulla spiaggia. Ma poi quel povero pescatore aveva preso il sopravvento. Perché Annalisa si era chiesta chi fosse, dove vivesse, chi frequentasse, se fosse felice o no. Allora, man mano che andava avanti, il pescatore da un'ombra morta sulla spiaggia, era diventato una persona viva, che aveva una casa, due figli e una moglie. E in più aveva un bel sogno. Comprarsi un peschereccio e fare della moglie una signora, mandare i figli all'università, che quel lavoro dove il mare ti scoppia il fisico già a quarant'anni non lo dovevano fare. E così si era trasformato in un racconto di mare. Si era letta Hemingway, Melville, Conrad, tutti i drammi marini di O'Neill e si era vista tre volte *La terra trema* in VHS. Si era ritrovata per le mani cinquanta pagine fitte fitte. Del sindaco e della sua giunta non c'era più traccia. Il racconto parlava della vita di quell'uomo. Delle sue speranze infrante in un incidente di mare. Quello stesso mare che gli dava da vivere, e che se l'era ripreso come pegno di un prestito mai onorato. Alla fine lo ripescavano morto, all'alba, accarezzato dalle onde tranquille dell'Adriatico. Il racconto finiva come avrebbe dovuto cominciare. Ma era molto più bello.

Annalisa prepara il caffè per lei e Lino, suo padre, che oggi deve andare a Torino col camion. La madre sta all'ospedale già da venti giorni. Per i medici non c'è più niente da fare, vegeta fra la vita e la morte e va avanti con la morfina. Andarla a trovare è quasi inutile. Non riconosce più nessuno. A casa aspettano. Da un momento all'altro arriverà la telefonata del primario e la madre sarà solo un ricordo. Annalisa decide che verso mezzogiorno farà un salto al reparto rianimazione. Magari sua madre aprirà un po' gli occhi e le sorriderà, pensando chissà che cosa. Mercoledì scorso la madre l'ha scambiata per zia Rita, che sta in Australia da vent'anni. Annalisa ha fatto finta di essere la sorella di sua madre e hanno parlato della casa d'infanzia, di amici che avevano in comune quarant'anni fa.

Di quando conobbe Lino, che poi sarebbe diventato suo marito. Annalisa è stata brava. Ha un talento. Quello di inventare storie. A volte le scrive, a volte le racconta a voce. È il suo gioco preferito da quando è piccola.

Si siede al tavolo e apre il quaderno. Si era fermata al punto in cui la sua protagonista, che aveva chiamato Sonia come la poveretta di Fontanefredde, aveva deciso di lasciare il suo vecchio amore, l'uomo più maturo. Aveva scritto pagine fitte di dialoghi fra i due personaggi e ne aveva buttate più della metà. Una volta aveva letto che per vedere se uno era un grande scrittore, bisognava andare a curiosare nel suo cestino della carta straccia. Lei aveva guardato con molta soddisfazione le dieci pagine nel cestino. Erano buone in fondo, ma le aveva buttate. Potevano essere una bella testimonianza in favore del suo talento. Poi fu assalita dal dubbio, padre di tutti i fallimenti della sua vita. E se aveva buttato proprio le migliori? Le aveva recuperate e messe in un cassetto. Non si sa mai, aveva pensato.

Dà un'occhiata fuori dalla finestra. C'è una casa in costruzione.

Vede operai che salgono e scendono le impalcature. Tirano secchi, impastano cemento, qualcuno ride, qualcuno parla una lingua mai sentita. Le si accendono gli occhi. Ha trovato. L'uomo di cui si innamora Sonia sarà uno straniero, come uno di quelli là fuori. Rumeno, bulgaro, albanese o russo. Decide che sarà un russo. Si chiama Ianek e sta in

Italia da tre anni. È giovane, bello, laureato, e ha i capelli lunghi. Ha lasciato la famiglia... a Kiev. Quindi Ianek è ucraino. Si incontrano in un bar dove lui rovescia sbadatamente la sua spremuta d'arancio... e la matita parte, va da sola. Non la può più fermare. Annalisa non è più nella sua stanza. È in qualche altro posto, magari chissà, dalle parti di sua madre.

Quando alza la testa, fuori si è messo a piovere e il cielo si è scurito. Sono le tre. Deve andare da sua madre. Si mette la giacca a vento e prende il casco, ma la sua testa è lì, con Sonia che ha incontrato Ianek, e tornata a casa, vedendo come per magia il viso di lui apparire nello specchio del bagno, si rende conto che si è innamorata di quello strano uomo, solo e triste come lei.

Parma era diventata come un parente che non hai mai sopportato, ma che ti tocca di vedere ogni Pasqua e Natale.

Avevo già pubblicato più di ottanta articoli, fra cronaca locale, sport, meteo e necrologi. Ero diventato un pubblicista. Cioè uno che può fare il giornalista come professione, iscritto all'albo e tutto il resto. Alberto continuava a tartassarmi con le sue richieste. Ora di soldi, che la merce della gioielleria non erano riusciti a piazzarla, ora con Monica che si sentiva abbandonata da un amore che lei si era costruita nella sua mente. E pure Federico che s'era messo a usare eroina come fosse gassosa. Avevo resistito finché avevo potuto. Ne avevo le palle piene.

Bastò una telefonata alla polizia. Denunciai la presenza del bottino della gioielleria di Reggio a casa di Alberto e misi giù la cornetta.

Non li ho più sentiti. Che loro avessero fatto il colpo lo sapevamo soltanto io, loro e tutto il quartiere Isola. Alberto non seppe mai da dove arrivò il siluro. E com'era da prevedere non mi accusò. Se la sarà presa con quel tossico di Federico o con la sorella. Ma nessuno pensò a me. Per me iniziava una nuova vita. Fui chiamato a Roma.

Una grande città, dove ti puoi mischiare come in un mazzo di carte e ogni giorno è una partita nuova.

«Trenta di bocca cinquanta l'amore.»

«Sali!»

Sotto il Fungo, all'Eur, ce n'erano tanti. Sembrava di stare al carnevale di Viareggio. Erano tutti uomini, io lo sapevo bene. Del Brasile, Guatemala, qualcuno si rasava male, altri erano più alti di Michael Jordan, ma avevano un pregio. All'ora in cui io staccavo dal giornale erano gli unici che battevano. Le donne a mezzanotte sparivano. Il loro posto lo prendevano i travestiti.

Poi non facevano domande.

«Dove mi fermo?»

«Qui va bene amore.»

A quell'ora di notte, nei giardini che di giorno erano frequentati da mamme e colf coi loro bambini, i viados avevano il loro bordello a cielo aperto. A terra fazzolettini di carta con dentro i preservativi usati. Macchine a fari spenti coi vetri appannati stavano parcheggiate a distanza di una decina di metri.

«Che facciamo, l'amore?»

«No, di bocca... facciamo di bocca.»

Una luce abbagliante irruppe nella mia macchina. Cercai di chiudermi la patta dei pantaloni e ripararmi gli occhi con l'altra mano.

«Ma chi cazz...»

Marcela si catapultò fuori dall'auto. Fu raggiunta da due divise. Una terza bussava sul mio vetro.

«Mi favorisce i documenti per favore?»

«Io... non...»

«Scenda!»

Scesi.

Due pantere della polizia più un cellulare avevano circondato il parcheggio del giardino. Nessuno li aveva sentiti arrivare. Avevano sorpreso tre macchine. La mia, una Uno e una Golf. Il furgoncino caricò i tre travestiti e se ne andò. Io e gli altri due clienti rimanemmo in piedi, accanto alle rispettive macchine. Quello della Uno era un uomo pelato con gli occhiali da miope, quello della Golf era un ragazzo, poco più giovane di me, sui 25 anni con capelli lunghi, il giaccone di pelle e gli stivali da cowboy. Era bello, come un divo del cinema. Occhi azzurri, sembrava un cavallo selvaggio, di quelli che non puoi domare.

«Ma che cazzo volete, ahò? E che manco se po' sta' a...»

«Per favore fornisca i documenti!» gli intimava

un poliziotto. L'altro cliente, il pelato, era imbarazzato e apriva nervosamente il portafogli.

«Ecco. Questa è la mia patente» dissi a un agente giovane che aspettava con la mano protesa il mio documento. La prese e tornò alla sua macchina. Afferrò la radio e si mise in contatto con la Centrale.

«Io nun te do un cazzo, hai capito?» Il ragazzo col giubbotto urlava con le vene del collo gonfie.

«Senta, non peggiori le cose. Mi dia la patente.»

«'Sto cazzo ti do!»

E all'improvviso fece una finta e cominciò a scappare verso i prati. Subito due agenti lo inseguirono.

«De Santis! Presto! Prendete 'sto figlio di mignotta!»

Io li guardavo. Nessuno pensava più a me o al pelato. Il ragazzo correva nell'erba inciampando sui tacchi degli stivali. Mi ricordava le comiche che il sabato pomeriggio davano in televisione. Cominciai a ridere.

«Porca troia!» urlava un poliziotto. «Prendilo De Santis eccheccazzo!»

«Lei che ha da ridere?» mi disse un agente.

«Niente... è buffo.»

«Buffo? Mo' glielo faccio vedere io se è buffo. Marzilli!» ordinò all'agente giovane. «Portiamo tutti in Centrale.»

«E perché? Perché rido?»

«No. Perché ci avete fatto girare i coglioni. E allora atti osceni in luogo pubblico, istigamento alla prostituzione...»

«Ma che dice? Ma vada a fare in culo, vada!»

«Oltraggio a pubblico ufficiale. Le basta?»

Due poliziotti mi presero sotto le braccia. E mi tornò in mente, precisa e nitida, la mattina del 12 ottobre del 1976. Mio padre accompagnato alla porta da due poliziotti, la tazzina che si sfascia per terra, il pianto di mia madre. E mi esplose una cosa dentro, una cosa che somigliava a un rigurgito amaro di cibi mal digeriti, un miasma feroce e infuocato.

«Non mi toccate pezzi di merda!» scattai.

Colpii l'agente giovane sul naso. Sentii il crac. Lo vidi accasciarsi a terra. Il momento dopo fu buio. Solo un lampione stradale cercava timido di attraversare le mie palpebre. Poi si spense pure lui.

Il ragazzo col giubbotto, quelli come lui a Roma li chiamano «coatti», in realtà si chiamava Enzo. Faceva l'elettrauto a Tormarancia, e aveva la camicia strappata e il viso sporco di terra. Anche ridotto così, e sotto l'impietoso neon della stanzetta della Centrale, la sua bellezza di cui non era consapevole affiorava prepotente. Era seduto accanto a me. Invece il pelato se ne stava sull'altra panca, per distinguersi.

«Sei gonfio» mi disse Enzo indicandomi l'occhio. Lo toccai. Dovevo avere una specie di susina.

«Anche te» gli risposi. «Ma perché sei scappato?»

«Non c'ho la patente... me sei piaciuto... Pietro. Te chiami Pietro, no?»

«Sì.»

«Prima volta?»

«Sì.»

Mi guardai intorno. La stanza era grigia e con le pareti screpolate. C'era un lavandino nero di ruggine in un angolo e una sola finestra con delle sbarre. Dietro era notte fonda.

«E tu Enzo? Prima volta?»

«Boh... io quarta o quinta. Ce sei mai stato all'Albergo?»

«Albergo?»

«Sì... a Rebibbia... al gabbio.»

«No. Mai.»

«Nun è male. Cioè, io me so' fatto sei mesi... ricettazione. Però passano. Te sei incensurato, magari te lasciano subito. Ce l'hai 'na sigaretta?»

«No. Non fumo.»

«A Kojak» si rivolgeva al pelato «ce l'hai 'na sigaretta?»

«Non fumo.»

«Ahò, tutti santi qua eh?»

Il pelato si alzò e andò alla finestra a dare un'occhiata. Io mi guardavo i polpastrelli ancora sporchi di inchiostro. Da sei mesi a cinque anni, mi aveva detto il poliziotto della Scientifica. Tanto rischi di prendere per aggressione a un pubblico ufficiale e resistenza all'arresto. Non io. Io ero incensurato. Io magari sarei andato a casa in attesa del processo. Me la sarei cavata con un'ammenda. Chi lo sa. Dovevo solo trovare una scusa plausibile per il giornale.

Le spalle dell'uomo pelato cominciarono a sussultare.

«Non devo essere qui... a casa ho una moglie...» disse fra le lacrime «e pure un figlio... che gli dico... che gli dico...»

Enzo mi guardò. Sorrideva.

«Sta nella merda l'amico, eh?» e indicò col naso l'uomo alla finestra.

«Come ti chiami?» gli domandai.

Non rispose. Meglio così. Non mi andava di consolarlo. Aveva una moglie e un figlio e se ne andava a puttane. E allora? Se non reggeva la cosa, poteva starsene a casa. Problema suo.

«Come faccio...» si pulì il naso con un fazzoletto di carta. «Lo verranno a sapere pure in banca...» riprese a piangere. «Che devo fare?» e mi puntò addosso i suoi occhi porcini. «Io e mia moglie eravamo già in crisi.»

Che palle, pensai. «Approfittane... può essere una buona occasione per mollare tutto, no?»

«No. Lei è la mia famiglia!» mi aggredì.

Sentii la bile risalire l'esofago. «Ma che dici? La tua famiglia? Adesso ci pensi? Dovevi farlo prima di caricare quel travestito sulla macchina. Adesso è troppo tardi.» Enzo mi sorrise. Si stava divertendo.

«Si... si saprà in giro?»

«Sicuro che si saprà» gli dissi «certo che si saprà. Che credi? Ti becchi un bel processo, ti devi trovare un avvocato. Chiaro che si saprà.»

Riprese a mugolare.

«Comportati da uomo!» e mi alzai per andare a prendermi un po' d'acqua dal lavandino.

«Piagni piagni... è brutta vede' il mondo da 'sta

parte, eh pelato'?» gli disse Enzo, senza neanche guardarlo. «Vai co' i froci... questo succede.» Poi l'elettrauto si avvicinò all'uomo per una confidenza: «Ma te... ce vai perché te piace prendelo in culo oppure jelo metti tu?»

L'uomo si girò verso la finestra senza dire niente.

«Ahò, t'ho fatto na domanda... allora?»

«Ma mi lasci in pace!» e si andò a rimettere seduto.

«Ma anvedi questo... io ce vado perché come lo prendono in bocca i travesta nessuno su 'sta terra... te?» e mi guardò.

«Pure io. Per quello. Anche se era la prima volta... con un uomo insomma... tecnicamente non sono uomini... sono mezzi e mezzi. Io li immagino donne...»

«Pure io» rispose Enzo. «A me l'omini me fanno schifo...»

Mi rimisi seduto a guardare il pelato. Mi dava fastidio tutto di lui. Il cappotto grigio fuori moda, la sua testa con una spruzzata di capelli ai lati impomatati, gli occhi da cinghiale, le sue lenti spesse. E quelle labbra umide un po' sporgenti gliele avrei volute spaccare.

«Perché mi guardi?» gli chiesi. Lui buttò subito lo sguardo a terra. «Certo io non sono sposato. E a me che sul lavoro vengano a sapere che vado con le puttane non me ne frega niente. Fossi in te invece...»

«Cosa?»

«Fossi in te sarei preoccupato. Tutta la vita che si

rovina in una notte, in pochi minuti, non è un granché.»

«È colpa sua. Perché li ha aggrediti? Ce la cavavamo con una ramanzina.»

«Invece ti ha detto male. Tua moglie ti lascerà. I tuoi amici è facile che non ti saluteranno più. E tuo figlio? Pensi che sarà bello per lui crescere sapendo che il padre faceva le porcherie coi travestiti invece di stare a casa a fare il padre?» Mi stavo divertendo. Il pelato deglutì e si guardò le scarpe. «Reggerai a questa figura di merda? Non mi stupirei se un domani ti buttano fuori dal lavoro. Chi vuole avere a che fare con un viscido che lascia a casa moglie e figlio per andare a farsi un giro coi viados?»

«Come si permette? Io non...»

«Tu non... cosa?» risposi guardandolo negli occhi. «Tu non cosa? Ho torto? Sto dicendo la verità. Magari hai ancora i genitori vivi. Pensa a tua madre o a tuo padre. Peggio, pensa ai genitori di tua moglie... che devono credere? A chi abbiamo dato nostra figlia! Ecco che diranno... mi sbaglio Enzo?»

«No... dici giusto... sta nella merda...»

«Infatti o pensi di cambiare tutta la tua vita da domattina oppure per te comincia un calvario. Ti vergognerai di uscire di casa... dei tuoi vicini, dei tuoi colleghi. Sarai peggio di un appestato.»

«Stia zitto! Per favore!» protestò il pelato con un filo di voce.

«Lo dico per te. Ci sono già passato, ma io ho cambiato tutta la mia vita... non lo so se tu ce la fai...

è difficile... via da Roma, dal tuo lavoro, mettiti a cercare un altro impiego... non è facile.»

«No...» aggiunse Enzo che si stava divertendo più di me «ha ragione coso qua... Pietro.»

L'uomo si mise le mani sulla faccia.

«Pensa quando tua moglie vedrà i poliziotti arrivare a casa tua a portarti la convocazione per il processo. Che le racconti? E la vergogna di tuo figlio coi suoi compagni di scuola?»

«Sì... te devi spari' come 'na scureggia nell'acqua...» con questo paragone colorito Enzo pose fine alla discussione.

«Che devo fare... che devo fare...»

Io e Enzo ci guardammo. Poi il coatto sorrise: «Spàrate! Fai più bella figura...»

11 aprile 2002, giovedì. Ore 12

La strada per Fontanefredde è tortuosa e si lascia la città alle spalle in un attimo. Di solito Pietro arriva in autobus fino al limite dell'abitato, poi prosegue a piedi. Lo fa nei giorni di tranquillità e di riposo. Cammina ai margini del bosco. Gli abeti se ne stanno lì a guardarlo passare.

È una bella giornata, rigida, ma almeno il sole ogni tanto s'affaccia incuriosito fra le nuvole alte e grigie. Nonostante il gelo stringa l'assedio alla città da ottobre, neve in basso ne ha fatta poca. Riveste le cime dei monti come un cappuccio di un frate. Pietro ha messo le Timberland con la suola di Vibram, in modo da non scivolare. Taglia un paio di tornanti attraversando il bosco. L'odore di resina e di foglie marce è fortissimo. Accogliente. Sente il suo respiro e gli aghi degli abeti che si sgretolano scoppiettanti sotto le suole delle scarpe. Il bosco è un organismo vivente, un universo a parte. Cambia a seconda dell'ora del giorno. Se all'alba è speranza, luce appena filtrata, piccoli animali alla ricerca di cibo, la notte è angoscia, paura della morte, il freddo di una minaccia pronta a saltarti addosso. I rumori di un bosco di notte sono amplificati e si vestono di quello che vuoi tu. Difficile capire perché la mancanza di luce in un bosco possa stravolgere suoni e odori in questo modo. Ma succede esattamente così.

La provinciale non è molto trafficata. Sono pochi i camion che passano di qui. I grossi tir preferiscono l'autostrada.

Il distributore dell'Agip è aperto. Pietro ha voglia di una cosa calda, starsene un po' seduto a guardare il cielo dove si inseguono le nuvole e sentire le chiacchiere confuse delle persone. E poi c'è lei. La ragazza bionda che lavora lì. Mercoledì non c'era.

Entra spalancando la porta di vetro del bar. C'è poca gente. Supera gli scaffali dei dolci e si va a sedere davanti a una grande vetrata che dà sul bosco e sulla strada. Dal tavolo con un'occhiata abbraccia tutto l'Autogrill. È un'ottima postazione. In un angolo della sala c'è un uomo seduto. È l'unico cliente. Ha l'aria triste di chi si è perso il portafogli e guarda la tazza di tè fumante che il barman gli ha appena messo davanti.

«Lei prende qualcosa?»

«Un caffè d'orzo in tazza grande, macchiato freddo, grazie» risponde Pietro.

«Subito.»

Il ragazzo lo lascia e va a preparare. L'uomo con

il tè alza lo sguardo su Pietro, gli sorride e si rimette a guardare la tazza. Il lamento dei freni di un tir che si ferma davanti alle pompe di benzina attrae l'attenzione di Pietro. Una donna scende dal camion. Saluta e sale su una piccola vettura parcheggiata lì vicino. Sul camion decine di musi di maiali si schiacciano contro le gabbie come se le bestie cercassero un po' d'aria coi loro nasi umidi. Sono diretti al macello. Chi sta per morire si aggrappa sempre a una speranza, a una boccata d'ossigeno che non sia l'ultima. Ma non è mai successo di vedere una mandria di maiali sgambettare per i boschi felici di aver ritrovato una libertà insperata mentre il camion capovolto è ormai in fiamme. Più facile vederli trasformati in salsicce e prosciutti.

Il barista gli porta l'orzo con lo scontrino. Pietro paga subito e lascia il resto come mancia.

«Grazie» e sorridendo il ragazzo se ne va.

È piacevole prendere una tazza bollente in mano quando hai le dita congelate. Farsi investire il viso dal fumo del liquido caldo e avvicinare le labbra alla tazza. Intanto Pietro guarda la sala, il bar, l'entrata dell'Autogrill. Della ragazza bionda nessuna traccia.

Il camion coi maiali riparte reimmettendosi sulla provinciale. La porta dei gabinetti si apre. Pietro vede uscire la ragazza.

Ha un elastico che le lega i capelli. Nelle mani rivestite da guanti di lattice porta secchio e spazzoloni. È stanca. Non deve essere piacevole pulire i bagni di un Autogrill. Pietro la osserva attentamente. Ha un bel corpo, non c'è dubbio. Lo capisce nonostante sia infagottata come un pinguino. Lei si toglie i guanti e scioglie i capelli biondi che le arrivano alle spalle. Pietro finalmente riesce a vederle gli occhi. Sì, la ricordava bene. Sono azzurri. È bello avere delle conferme. È la terza volta che la vede.

La ragazza si avvicina agli scaffali e comincia a mettere a posto le gomme da masticare.

Pietro finisce l'orzo che gli sguazza caldo nello stomaco. Lascia il tavolo e si avvicina ai ripiani dei dolciumi. Tocca i pacchetti di caramelle, un paio finiscono a terra.

«Ops...»

La ragazza si gira sorridendo. Lo guarda.

«Aspetti che l'aiuto.»

«No, no lasci. Faccio io» e si inchina a raccoglierli. «Cercavo le gomme... quelle alla cannella.»

«Eccole, sono qui.» Gliene porge un pacchetto. «Desidera altro?»

«Il suo numero di telefono» dice Pietro sorridendo.

La ragazza è presa in contropiede. Non sa se sorridere lusingata o se allontanare quell'individuo invadente con uno sguardo torvo. Ma l'ha già visto. Quel viso non gli è nuovo. Ecco, sì, pensa, è proprio quella la faccia che lei ha dato a Ianek, il russo con i capelli lunghi che nel suo racconto si innamora di Sonia. È proprio lui, quello dell'aranciata.

«Il mio...?»

«Numero di telefono... se vuole, altrimenti mi scusi e faccia finta che non le ho detto niente.»

Annalisa sorride con tutta la bocca, dimenticandosi i due premolari mancanti.

«Io... io non lo so...»

«Non sa il suo numero?»

«No. Non so se...» Poi lo guarda meglio come se volesse capire se può fidarsi. «Ma sì... è pure facile da ricordare. 8400001...»

«8400001...» ripete Pietro. «Va bene. Messo a memoria. 8400001.»

«Vivo con papà. Quindi non ricevo telefonate tardi.»

«Non si preoccupi. La ringrazio. Io mi chiamo Pietro.»

«Annalisa» gli stringe la mano. Pietro sente i calli.

«Annalisa. Bene Annalisa... se non ti dispiace, ci diamo del tu, vero?» Lei annuisce. «Se non ti dispiace sabato prossimo magari ti chiamo. Un cinema... una pizza...»

«Mercoledì è il mio giorno libero» sorride Annalisa. «Molto, molto volentieri.»

«Non è che hai un fidanzato geloso?»

Ride. «No. Non ce l'ho il fidanzato. Cioè, ci siamo appena lasciati» e mente. Annalisa è sola da tanto tempo.

«A presto Annalisa.»

«A presto Pietro.»

Pietro si gira ed esce dall'Autogrill. Si incammina verso il bosco. Annalisa non lo perde di vista.

Vuole vedere che macchina ha. Ma l'uomo supera il parcheggio e si incammina sulla provinciale.

È venuto a piedi... che tipo...

È un uomo strano, d'accordo, ma ad Annalisa mica le dispiace. Anzi, un invito a cena le è capitato solo una volta, sette anni prima, con Antonio il ciccione. Ora ha trentatré anni e non fa l'amore da sette. Un po' troppo tempo.

Perché no, pensa ridendo.

Pietro cammina sulla provinciale infagottato nel giubbotto e con le mani in tasca. Fischietta un motivetto. Guarda il cielo dove le nuvole grigie hanno soffocato di nuovo il sole.

Non volevo che Massimo sapesse la verità. Preferii dargli la mia versione dei fatti, alla quale avrebbe sicuramente creduto. Così lo chiamai. Gli spiegai che stavo facendo un'indagine sulla prostituzione, un poliziotto mi aveva beccato, c'era stata una colluttazione, mi avevano accusato di aggressione. Massimo rimase calmo e tranquillo. Mi consigliò un ottimo avvocato. Sapeva, come me del resto, che mi sarei preso al peggio due mesi con la condizionale. Cioè potevo stare tranquillo e continuare a fare il mio lavoro.

Al giornale portai un pezzo proprio sulla prostituzione nelle zone limitrofe al centro. Con tanto di cartine e posti dove lavoravano i viados. L'Eur, Ponte Milvio, lo stadio, Salaria e Stazione Termini. Fu un ottimo servizio che pubblicarono nella cronaca di Roma insieme ad altri pezzi sull'argomento.

Una macchia era diventata una medaglia d'oro. Al giornale mi consideravano un eroe, neanche fossi un inviato di guerra. E i mesi passati dentro mi davano un'aura di rispettabilità.

Fu però molto piacevole tornare nel mio appartamento di Villa Bonelli, sulla Portuense. Ritrovare le proprie cose, nell'esatto posto dove erano state lasciate. Il frigorifero invece era una macchia di muffa. Feci mattina a pulirlo. Poi tutto tornò come mesi prima. Come se non fosse successo niente. Mi venne voglia di sentire Enzo, l'elettrauto. Mi aveva lasciato il numero. Lo chiamai.

«A' Pietro come stai?»

«Bene Enzo, e tu?»

«M'è annata bene. Te sei preso tutta la colpa te. Fuori se sta mejo, eh? Ahò, ma la sai una cosa?»

«Dimmi.»

«Te ricordi quello che s'erano bevuto insieme a noi? Coso là, er pelato?»

«Certo che me lo ricordo.»

«Lo sai che 'sto scemo s'è impiccato nel cesso de casa sua?»

Mi guardai nello specchio appeso di fronte al telefono. Un sorriso si era fatto strada agli angoli della mia bocca.

«Ma dai...»

«Ci vediamo pe' 'na pizza?»

«Volentieri... vieni al giornale. La settimana prossima.»

«Ci vediamo là.»

11 aprile, giovedì

Le indagini si sono fermate. Hanno provato a seguire la pista del filo di nylon, ma si è rivelata esile e trasparente come l'oggetto stesso. Non ne escono.

Massimo si è sistemato al residence Gran Sasso, sulla strada per Assergi. Una struttura moderna ricavata da una vecchia casa colonica. In Abruzzo non hanno la cultura del recupero. Buttano giù le vecchie case fatiscenti ma inserite così bene nel panorama da farne ormai parte e un geometra ci costruisce sopra un parallelepipedo di cemento con dei buchi per finestre. È il nuovo corso inaugurato negli anni Sessanta che prosegue la sua follia vendicativa sulle cose antiche, che lì chiamano vecchie.

Pietro sente una stretta al petto appena entra nell'appartamento 1B. Misura con lo sguardo i trentacinque metri quadrati pieni del fallimento di suo fratello. Due stanze divise da un séparé di finto legno, un letto matrimoniale con una sovraccoperta sgualcita che puzza del sonno di altri uomini, manifesti di sagre aquilane alle pareti e l'immancabile riproduzione di un campo di papaveri di Michele Cascella. L'angolo cottura col piccolo frigo e la cucina sporca solo di caffè. Calzini buttati negli angoli, un paio di copie del *Centro* e la valigia coi vestiti ancora ammucchiati dentro. Una bottiglia di Glen Grant se ne sta sul tavolino di cristallo del saloncino davanti al televisore a diciassette pollici.

«Siediti Pietro... vuoi un caffè?» gli urla Massimo dal bagno.

«No grazie... l'ho appena preso.» Ma Pietro non si siede. «Come ti senti?»

Massimo esce dal bagno in mutande e canottiera asciugandosi le mani.

«Che ti devo dire? Ormai a casa non ci posso più stare. Non... non posso pensarci, ma è così. Mi sa che vuole il divorzio.»

«Te l'ha detto?»

«Sta per farlo. Certe cose si sentono.»

Ora Pietro si siede sul divano. Si passa una mano nei capelli. «Ha un altro?»

«Dice di no... ma dove sono?»

Pietro guarda il fratello in mutande che cerca i calzini. Lo vede indifeso, solo contro tutti. Alza il giornale e li trova.

«Eccoli» e glieli porge.

«Grazie...»

«Forse stare un po' lontani può farvi bene. Magari pensate alle cose che non vanno.»

«Pietro, non va un cazzo! A cosa vuoi pensare?» risponde mentre si infila il sinistro.

«Tu... tu la ami ancora?»

Seduto sul letto, con l'altro calzino in mano, Massimo si guarda intorno, come se vedesse quella stanza per la prima volta in vita sua.

«Non lo so. Non lo so più. Se penso al fatto che non vivremo più insieme, mi sento male... ma forse è l'abitudine di averla accanto a farmi parlare... forse non è amore.»

«Io qui non ti posso aiutare. Non è un argomento su cui sono ferrato.»

Massimo si infila l'altro calzino. Poi guarda fuori.

«La notte è dura, Pietro... stare da solo in questo letto... è dura.»

«Fatti un'altra storia. Magari poi t'accorgi che non ne valeva la pena...»

«Forse... non lo so... se prendessi quel figlio di puttana, le cose fra me e Gloria si aggiusterebbero» e si infila i pantaloni. «No. La verità è che siamo diventati fratello e sorella. No, peggio... padre e figlia. Buffo, no? Per uno che un padre non ce l'ha mai avuto.»

Si guardano senza dirsi una parola. Non hanno bisogno di parlare. Passa un mondo di cose dentro quei silenzi che solo loro due capiscono. Un estraneo, una moglie o un amico si perderebbe.

«Ne sono convinto anch'io» risponde Pietro. «Se arresti quel figlio di puttana le cose si aggiustano...»

Massimo si infila la camicia. Beve il caffè direttamente dalla moka, senza tazzina e senza riscaldarlo. Lo stomaco di Pietro si chiude. Non perché a lui faccia schifo il caffè. È che non sopporta quel disordine fisico e mentale che ha impantanato suo fratello.

«Ci vuole una mappa nella vita, Massimo. E va rispettata, passo per passo.»

«Non ti seguo.»

«Non puoi vivere senza una mappa, un piano. Fai la fine delle mosche sul vetro.»

«E tu che mi suggerisci?» gli risponde Massimo, guardandolo con l'ironia dello sconfitto.

«Suggerisco che la vita la devi prendere per il bavero. Questo l'ho imparato nel collegio e negli anni in cui sono stato da solo.»

Massimo si infila il maglione. Pietro non gli ha mai parlato del collegio, e se lo sta nominando, significa una cosa sola. Pietro è ferito, giù nel profondo, dove Massimo non è mai stato. Dove nessuno si sognerebbe mai di andare a dare un'occhiata.

«Farei qualunque cosa per te Massimo, solo che tu devi darmene la possibilità.»

«Non... non ti capisco.»

Pietro ha quasi cambiato voce, sembra che qualcun altro parli per lui. «Devi essere come un terreno fertile, alla semina ci penso io.»

Gli anni di Roma furono belli. Il giornale mi lasciava piuttosto libero. E io frequentavo Enzo e i suoi amici. Mi chiamavano il parmigiano. Andavamo allo stadio, ci ubriacavamo, e spesso ci vedevamo a casa di uno di loro, Bruschetta, a giocare a poker. Baravamo tutti, lo sapevamo, ma alla fine, tra amici, finiva sempre pari. Ogni tanto io, Enzo e

Bruschetta riuscivamo a mettere in mezzo qualcuno e gli fregavamo parecchi soldi. Ma io non prendevo mai una lira. Li lasciavo a loro. A me bastava giocare. Bruschetta aveva una decina di ragazze che lavoravano per lui. Non per strada, quella era una roba da cafoni come diceva lui, ma in piccoli appartamenti seminterrati sparsi per la capitale. Gli rendeva bene. Tolto l'affitto e le percentuali ne aveva di che vivere come un pappone che si rispetti. Aveva la Porsche, un attico all'Eur e c'era sempre un bel pacco di cocaina sul tavolino basso del salone.

I suoi festini erano memorabili. Riempiva la casa di amici e di troie, e fino all'alba potevi scopare da fartelo bruciare. È il modo migliore che abbia mai sperimentato per fare sesso. Se riesci a scopare con la cocaina e l'alcol che ti circolano nelle vene come bolidi impazziti, ti sembra di essere in tre a farti la mignotta di turno. Come affetto da priapismo, saresti in grado di andare avanti per ore senza stancarti mai. Se ti prende bene. Invece Enzo diventava triste e doveva spaccare qualcosa per levarsi quel masso sul petto, così diceva.

Se ne tornava a casa e pestava a sangue sua moglie Barbara.

Una volta lei mi chiamò. Mi voleva vedere, di nascosto da Enzo. Le dissi di venire al giornale. Preferì incontrarmi in un bar sulla Tuscolana, un po' fuori mano.

Quando entrai la vidi seduta in un angolo. Un paio di occhiali scuri le coprivano gli occhi. Una sciarpa di seta le nascondeva metà faccia. Sembrava un personaggio di Le Carré. Mi sedetti davanti a lei. Capii il motivo del suo travestimento. Aveva il labbro spaccato in più punti, gonfio come se l'avesse punta uno sciame di api. Poi alzò gli occhiali. Un occhio era viola, chiuso, come quello dei pugili. L'altro, rosso, iniettato di sangue.

«Barbara...»

«Hai visto come me riduce quer fijo de 'na...»

Le strinsi una mano.

«E pure davanti alla creatura...»

Enzo stava esagerando.

«Parlaje. A te te sta a senti'. Te considera uno inteliggente, che ha studiato. Lui porello certe cose non le sa.»

Trovava ancora il coraggio e la forza per comprendere suo marito.

«È che Enzo non è cattivo. Però beve, je gira la testa...»

«Denuncialo» le dissi. Calmo e sereno.

«Ma che sei matto? Alla polizia? No, non se ne parla proprio.»

«E allora che pretendi? Quello ti continuerà a massacrare.»

«No, io alla polizia a denuncia' Enzo mio non ce vado. Che se direbbe in giro? Che Barbara Gnisci è 'na spia delle guardie? No...»

«Allora ammazzalo.»

«A te te va de scherza'...»

«Mai stato tanto serio.»

«Prima de ammazzallo... perché non ce parli tu? A te te sta a senti'.»

Il bar era vuoto. La cassiera fumava e leggeva una rivista, mentre dietro il bancone il marito cercava di ascoltare una partita di calcio.

«Io ci provo Barbara, ma tu promettimi una cosa. La prossima volta che ti alza le mani addosso, vai via di casa e vieni da me.»

«E la creatura?»

«Porta pure il bambino. Tieni» le scrissi il mio indirizzo su un foglietto. «Prendi un tassì e vieni. Lo pago io.»

Prese il foglietto e velocemente se lo mise in borsa, come se scottasse.

«Grazie Pietro. Grazie...»

Andai alla cassa. Poi la feci salire in macchina e l'accompagnai a casa.

La sera stavamo a casa di Bruschetta con le carte in mano. Con me, Enzo e il padrone di casa c'era un architetto di Milano. Il pollo da spennare. Aveva preteso di togliere le litografie dal muro, perché altrimenti sui vetri si sarebbero riflesse le carte.

«Tanto me fanno schifo» disse Bruschetta che era stato costretto da un suo amico ad appenderle perché, a suo dire, davano un tono a tutta la casa.

La posta era di un milione e mezzo e le cose si stavano mettendo bene.

«Settantamila» rilanciai. Avevo tre assi. Il milanese, se Enzo aveva dato bene le carte, doveva avere tre donne.

«Novanta per vedere» rilanciò l'architetto.

«Passo» disse Bruschetta buttando le carte sul tavolo.

«Pure io» lo imitò Enzo.

«Allora siamo io e lei» e guardai il milanese. Gli avevamo appena fatto vincere un piattino, robetta, con una scala servita. Si sentiva fortunato, era convinto che quella fosse la sua serata. «E allora io dico centocinquantamila...» e gettai le fiches nel piatto.

«Vedo!» disse il milanese.

«Tre assi...» e li misi sul tavolo. Il sorriso del mio avversario sparì in un momento. «Minchia!» disse. «Ma che sfiga... buono...»

Afferrai il piatto mentre il milanese si accendeva una sigaretta. «Con tre donne... roba da matti... bene, ci facciamo una pausa? Devo fare una telefonata.»

Ci alzammo dal tavolo. Appena il milanese sparì in camera da letto con il suo cellulare, io presi Enzo sotto il braccio e me lo portai sul terrazzo.

«Hai visto? Mo' fa un piatto Bruschetta, poi uno il milanese, poi io lo castigo. A lui un full di donne, a me di re. Ci si gioca pure le mutande e chiudiamo 'sta serata.»

«Enzo la devi piantare.»

«De che?» mi chiese. Pensava mi riferissi al poker.

«Con Barbara... la devi piantare. Quella è la tua famiglia. La devi rispettare.»

«Che t'è venuta a parla'?»

Annuii. Enzo guardò lontano, verso il centro della città.

«'Sta stronza se deve fa i cazzi sua!»

«Se li sta facendo. La riempi di botte, che deve fare?»

«Perché non obbedisce. Nun me sta a senti'.»

«E tu lascia stare. Avete un figlio. Come cresce se fai così?»

«A parmigia', te fatte li cazzi tua che ai miei ce penso io.» Mi piantò lì, sul terrazzo, e tornò al tavolo.

Riprendemmo a giocare, ma girava un nervosismo che ci potevi accendere una lampadina da cento watt. Saltarono tutti gli schemi e giocammo liberi. Bruschetta non capiva, non gli tornavano i conti. Il milanese vinceva, era davvero la sua serata. Dopo due ore ci alzammo. Io ero andato pari, Enzo e Bruschetta avevano perso un paio di milioni che riposavano nel portafogli dell'architetto.

«Amici, quando volete fare un'altra partita, a disposizione. Tra due settimane torno a Roma» disse felice.

Annuimmo e lasciammo Bruschetta livido e con una bottiglia di cognac in grembo. Non era per i soldi, un milione e mezzo per lui erano spiccioli. Era qualcosa di peggio. Quello che io e Enzo avevamo combinato puzzava di tradimento.

Passarono solo due giorni, e una sera Barbara citofonò a casa mia. Scesi per pagare il taxi. Aveva il bambino in braccio che s'era appena addormentato. Salimmo in silenzio le scale. La feci entrare.

«Ammazza che casa ordinata che c'hai» mi disse.

Poi portò il bambino sul letto e gli rimboccò le coperte. Io l'aspettavo sul divano.

«Me voleva mena'. Dice che sono 'na spia, che a te non te devo mette in mezzo. M'ha tirato un piatto, io ho preso il bambino e so' scappata.»

«Hai fatto bene... vieni. Siediti vicino a me.»

Tremava. Si accoccolò fra le mie braccia. Odorava di borotalco.

«Grazie Pietro. Sei così buono te...»

Nonostante i segni delle botte prese tre giorni prima era bella. Le accarezzai i capelli. Sembravano seta.

«Stai tranquilla. Qua non ti succede niente. E domani con Enzo me la vedo io.»

Chiuse gli occhi. Sembrava si fosse addormentata. Invece era sveglia. Alzò la testa e mi guardò. Occhi profondi e neri, labbra carnose, dischiuse, come se volesse dirmi qualcosa.

«Che c'è?» le chiesi.

«Niente... visto da vicino sei caruccio.»

«Anche tu Barbara... sei molto carina... anzi sei molto bella, lo sai?»

La baciai. Lei aprì le labbra invitanti. Ci ritrovammo per terra in un attimo. Aspettavo quel momento da tempo, dalla prima volta che Enzo me l'aveva presentata. Di là il bambino dormiva, e noi in salone scopavamo sul tappeto. Bello. Sembravamo una famiglia. Mentre la penetravo da dietro Barbara si tramutò in Enzo. E io venni. Urlando.

12 aprile 2002, venerdì

Il maschio più piccolo di un tipo di coleottero stafilinide, in Costa Rica, non riuscendo ad accoppiarsi, attua una strategia di imitazione. Si finge una femmina, mostrando l'estemità del proprio addome al maschio più grande che comincia a seguirlo dandogli dei colpetti sulla punta dell'addome in segno di corteggiamento, ingannato dalla postura e da un odore secreto dal maschio piccolo che imita quello delle femmine. Il maschio piccolo si muove senza permettere al grosso di montarlo. In questo zigzagare incontra la femmina, la corteggia a sua volta e copula con lei, sotto il naso del maschio più grande. Qualcosa di simile fanno anche delle vespe parassite. Imitano. Si mimetizzano. Rubano con uno stratagemma quello che la natura non gli ha dato, cioè la possanza, la massa e la ferocia dei maschi dominanti.

Pietro tornando dal giornale l'aveva già vista, vicino via Strinella. Se ne stava davanti a un bar, la sera. Fumava e aspettava. Bionda, sui trent'anni. Bastava un'occhiata per capire che non fosse italiana.

A piedi o in macchina il cliente si ferma, lei entra con lui in un civico lì vicino, poi l'uomo riscende da solo. Quella ragazza non ha paura. Non può non sapere quello che sta succedendo in città. Il mostro si aggira libero e tranquillo, e lei è una preda molto, molto facile.

Pietro la guarda da lontano. Poi qualcosa attrae la sua attenzione. Un'ombra, un uomo avvolto in un cappotto grigio se ne sta a cinquanta metri dalla donna e la osserva. Non si muove. Sembra una statua. Non è molto alto, e le falde del cappello gli lasciano il viso in ombra.

La donna sale in casa con un cliente. L'ombra entra in macchina. Un leggero bagliore nel buio dell'abitacolo. S'è acceso una sigaretta e aspetta.

Pietro mette in moto e torna a casa.

13 aprile 2002, sabato. Ore 00.00

L'uomo è ancora lì, all'angolo della strada che osserva la biondina.

Potrebbe essere un professionista abbastanza noto in città a cui non piace per ovvie ragioni farsi beccare mentre si fa un giro con una prostituta.

All'improvviso l'uomo lascia l'angolo della strada. Entra in macchina. Pietro si aspetta che s'accenda la sigaretta. Invece quello mette in moto la Punto metallizzata, accosta e carica la ragazza.

È l'una e un quarto all'orologio della Citroën di Pietro.

«Perché preferisci la macchina a un comodo letto in un appartamento?» Pietro ha dato voce ai suoi pensieri.

Decide di seguirlo e si incolla alla Punto, a una cinquantina di metri di distanza. Impossibile perderlo a quest'ora di notte. Quello se ne va in giro senza una meta precisa, come se stesse scarrozzando un gruppo di turisti giapponesi in un tour turistico.

Annalisa stretta nel suo plaid è seduta alla scrivania e cerca di scrivere il suo racconto. Non ci riesce. I pensieri se ne vanno per i fatti loro, perché Michela l'ha chiamata poche ore fa, per invitarla a Roma. In più non riesce a togliersi dalla testa il viso di quell'uomo che l'ha invitata a cena. Pietro. Anche se ancora non l'ha chiamata. Si alza e si affaccia alla finestra. Una macchina passa sotto casa sua. È una Punto metallizzata. Poco dopo un'altra auto, una Citroën sfreccia sotto il lampione. La luce giallognola illumina per un attimo il viso del guidatore che passando lancia un'occhiata al suo civico. Le è sembrato proprio lui, Pietro, che si lascia dietro i due fari nella notte proseguendo verso il centro della città.

Chissà, pensa, magari non era lui. Possibile che se lo sia immaginato.

Ma la cosa le farebbe piacere. Annalisa saluta l'auto con la mano, e si sente tanto scema. Le viene da ridere.

«Buonanotte...» augura all'oscurità che s'è appena ingoiata la Citroën.

Torna al quaderno. Vorrebbe mettere un po' di musica, l'aiuterebbe a cancellare Pietro dalla sua testa. Ma deve comprarsi una cuffia. Il padre dorme nella stanza accanto alla sua, e a dividerli c'è solo un muro di carta velina. Lo sente addirittura russare. La musica lo sveglierebbe di sicuro.

Ha lasciato Ianek che ha avuto un incidente sul lavoro, una sciocchezza, che però gli impedisce di telefonare a Sonia e invitarla a cena, come le aveva promesso una settimana prima. Ora stava descrivendo Sonia che parlava con Marta, la sua più cara amica in attesa del secondo figlio. Era un dialogo difficile, perché non aveva ancora deciso cosa Sonia dovesse raccontare all'amica. Se parlare del più o del meno – ma allora perché il lettore dovrebbe perdere il suo tempo a leggere parole gonfie di aria fritta? – oppure se doveva aprirsi e raccontarle che si stava innamorando di un uomo misterioso, squattrinato e di un altro Paese che l'aveva invitata a cena per poi sparire improvvisamente.

Niente, non riesce a decidere, la matita se ne sta sulla carta a fare dei ghirigori privi di senso. Rimette a posto il quaderno e si infila nel letto, sotto il piumone. Chiude gli occhi. Ma Pietro coi suoi capelli lunghi è sempre lì, che le sorride in silenzio, come se fosse avvolto in una nebbia.

«Mi sa che ti sei innamorata, brutta deficiente» dice ad alta voce.

Si mette a pancia sotto e prova seriamente a dormire. Fra quattro ore l'aspetta il turno all'Autogrill.

A una quindicina di chilometri di distanza, in quel momento, la Punto supera proprio il distributore dell'Agip, si inerpica per un paio di tornanti, arriva allo spiazzo panoramico di Fontanefredde, parcheggia e spegne le luci. Pietro ferma la macchina dietro una curva e osserva. Lontane, brillano le luci dell'illuminazione stradale della città come stelle spiaccicate sulla terra.

Alberi silenziosi mossi dal vento sembrano chinare il capo per affacciarsi a vedere cosa sta succedendo dentro la Punto metallizzata.

Si spalanca uno sportello. L'uomo scende dalla macchina. Apre il portabagagli e estrae una borsa di tela. La deposita a terra. Pietro non perde un movimento. Sul suo cruscotto l'orologio segna le due e un quarto e tre gradi sopra lo zero. Vede la condensa uscire dalla bocca dell'uomo che finalmente si toglie il cappello e la luce di un lampione alogeno gli inquadra il viso. Pelato, sui cinquant'anni. Apre l'altra portiera e trascina la donna fuori dall'abitacolo. Con fatica la adagia su un plaid. Poi trascina a fatica la donna verso il bosco e sparisce penetrando nel nero dei tronchi.

Il giornalista scende silenziosamente dalla macchina. Dal bosco si sente solo il fischiare degli aghi di pino attraversati dal vento freddo. Deve stare attento. Un ramo spezzato, un respiro, metterebbe in allarme l'uomo nel bosco. Invece quello deve continuare a pensare di essere solo.

Pietro lascia il sentiero e cauto si infila nell'intrico dei rovi. Non è facile raccapezzarsi al buio, la luna ad aiutarlo non c'è. Sposta lentamente i rami dei cespugli, calcola ogni passo poggiando prima il tacco poi la pianta del piede. Un rumore improvviso! Da destra. È lui. Pietro si affaccia tra il fogliame e lo vede. Sta vomitando. L'odore di resina si mischia a quello dell'alcol vomitato. L'uomo è vicino, a cinque metri da Pietro. Sta cucendo la vagina della donna. Accanto al cadavere, la sua cena spalmata per terra. Si asciuga la fronte e prosegue silenziosamente il suo lavoro. Ha già chiuso la testa della ragazza in un sacchetto di plastica. Ha scelto una busta della Conad. Perde sangue da un dito. Si è appena ferito col grosso ago da cuoio che tiene ancora nella sinistra.

Uno scatto del collo e l'uomo si gira nella direzione di Pietro come se ne avesse percepito la presenza. Pietro sente il cuore fermarsi e lentamente si ritrae dietro una felce. Ha la sensazione che quell'uomo l'abbia visto e lo stia fissando. Ha un naso piccolo e schiacciato e gli occhi gli escono dalle orbite sotto due occhiaie da insonne. Somiglia a un lemure. Schifoso. Alza un po' la testa. Sembra che stia odorando l'aria, come un topo che annusa il pericolo. Poi decide che è tutto a posto e si rimette al lavoro.

Pietro ha visto abbastanza. Indietreggia lentamente, sempre attento ai rumori. Esce dal bosco lasciando il topo lì, a finire l'opera. Si avvicina alla Punto per prendere la targa, ma poi ci ripensa. Lasciarlo libero è un errore. È vero, la polizia l'avrebbe preso in meno di ventiquattro ore. Ma non è solo questo. È un topo di fogna, anzi peggio, una iena che si nutre di carcasse. Ha deciso di tornare in macchina e di aspettarlo.

Non passa molto tempo che quello esce dal bosco. Si pulisce le mani e si guarda intorno. Cammina a passetti veloci, come se gli scappasse la pipì. Sale sull'auto, la mette in moto e parte. Pietro aspetta che i fari lo superino, conta fino a dieci, poi anche lui accende l'auto e si muove.

Ricomincia l'inseguimento.

L'uomo fa un giro pazzesco. Passa per l'ospedale, Colle Pretara, il cimitero, la stazione. Sembra una mosca impazzita. Pietro ha il sospetto che il topo si senta inseguito.

Poi si inerpica sulla provinciale che sale verso l'altopiano delle Rocche. È una strada lunga e tortuosa. Di giorno è una panoramica stupenda da mozzare il fiato. Di notte è una serie di curve in mezzo ai boschi che non finiscono mai. E che sale di diverse centinaia di metri rispetto alla città.

La temperatura scende man mano che l'auto di Pietro sale. Il cruscotto segna due gradi sotto lo zero.

Dopo mezz'ora di macchina un'ultima curva e davanti si stende come un enorme lenzuolo bianco l'altopiano, circondato dalle cime dei monti ancora innevate e la provinciale che ci passa in mezzo come un fiume di catrame. Non hanno incrociato neanche un'auto, e ormai Pietro è stufo di seguire quei fanali rossi. Passano un paio di centri abitati, ma in questa stagione sono deserti come i picchi che li circondano e che sono tornati il regno di un branco di lupi che vivono indisturbati nel parco nazionale.

Poi finalmente il topo entra in una frazione, un piccolo paese arroccato su un crinale. Si chiama Rovere. È completamente disabitato. Per lo più sono seconde case che romani e abruzzesi usano per le vacanze invernali. Parcheggia l'auto e con la fretta di chi è in ritardo a un appuntamento, entra in una casa. Pietro è lì. Ha letto l'indirizzo, via Monte Sirente. Scende dall'auto e raggiunge il civico. Il bianco dei monti illumina tutta la piana, e un silenzio di altri tempi pesa come un masso su tutto il panorama. Qualche stella punteggia il cielo nero d'inchiostro, all'orizzonte le luci di Rocca di Mezzo. Il paese sembra un vecchio luna park in attesa della riapertura stagionale. L'insegna di un ristorante chiuso dondola al vento e cigola sinistra.

Il civico del topo è una villetta a due piani, una costruzione nuova di legno e pietra. Un piccolo condominio per le vacanze. Una luce, l'unica della costruzione, si accende al piano terra. Il topo vive lì.

Pietro spinge il cancelletto basso che delimita la proprietà del condominio. Gira intorno all'abitazione. Ci sono delle aiuole senza fiori. Nel retro un dondolo coperto da una plastica, una bicicletta arrugginita e una pompa per innaffiare. Una finestra è senza imposte. Pietro si alza sulle punte e guarda dentro la casa. Un alone di luce penetra dalla camera di fronte, quella che il topo ha appena illuminato.

Cerca di spingere le ante, ma la finestra è chiusa. Rompere i vetri allarmerebbe l'assassino. Si riscalda le mani col fiato, il freddo punge come un cardo. Poi gli viene un'idea, semplice ed elementare.

«Chi è?» anche la voce esile sembra lo squittio di un topo.

«Polizia! Apra!» gli intima Pietro. Silenzio. Il topo sta guardando dallo spioncino.

«Signor Cavalli?» Ha letto il cognome sul campanello. «Non mi faccia perdere tempo, apra!»

«Sto... male...»

«Io le dico che si sentirà peggio se non apre!»

«Che... che cosa vuole?»

«Lei ha una Punto grigio metallizzata targata BX 494 CH, non è vero?»

Un rumore di passi dietro la porta. Il topo si sta allontanando. Pietro bussa di nuovo.

Appoggia l'orecchio alla porta. Niente, nessun rumore. Il topo sta provando a fuggire dal retro.

Pietro esce dal portone, corre nel cortile e gira di nuovo intorno alla casa. Si riaffaccia alla finestra della cucina. Niente. La casa ora è sprofondata nel buio. Il topo ha spento anche la luce del salone.

Pietro afferra una pietra, rompe la finestra e scavalca.

È in casa.

Un odore acre, di resti in decomposizione. Avanza lento, a tentoni, alla ricerca di un interruttore. Per terra c'è pattumiera, cose rotte, non riesce a capire. Arriva in un disimpegno con tre porte. La prima davanti a lui è aperta. È il salone appena illuminato da un lampioncino stradale. La seconda è alla sua sinistra. La apre. C'è un piccolo bagno. Riesce appena a distinguere il chiarore dei sanitari, un rumore di acqua gorgogliante e una puzza di escrementi da star male. La terza porta dovrebbe essere la camera da letto. Il giornalista scalcia un oggetto, forse una lattina dal rumore che fa rimbalzando sul muro, e spalanca l'ultimo uscio.

È la camera da letto. L'abat-jour da venti watt illumina malamente la stanza.

Il topo penzola dal lampadario centrale. Si tiene il collo con le mani, mentre scalcia e gorgoglia. Ha usato la corda delle persiane per impiccarsi. Pietro si siede sul letto e assiste all'agonia dell'uomo.

«Lo sa? Io non sono della polizia» gli dice mentre l'uomo con uno sforzo cerca di girare gli occhi nelle orbite per guardarlo. Muove la bocca annaspando l'aria e la pelle del viso sembra tendere verso il viola spento.

«No... l'ho vista però. Ero nel bosco, una mezz'ora fa. Ha fatto un bel lavoro. Proprio bello. Deve andarne fiero!»

Sull'étagère in noce ai piedi del letto matrimoniale ci sono delle fotografie. Pietro scosta le gambe del topo che prendono a calci l'aria e si avvicina alla specchiera mentre quello continua a gorgogliare dall'alto del lampadario. Sono istantanee di una famiglia felice. C'è il topo, anni prima, che sorride insieme a una donna bruna decisamente in sovrappeso e una bambina. Un passato lontano anni luce da quella stanza. Gli occhi dell'uomo se ne stanno andando a guardare il soffitto. La lingua fuoriesce dalla bocca. I pantaloni si sono macchiati di urina mentre una puzza di merda comincia a spandersi per la stanza.

«Si starà chiedendo: "Che fine ha fatto la mia vita. Dove sono le persone che amavo".»

Le gambe dell'uomo scalciano l'aria per due volte, due scossoni. Poi rimangono ferme.

«No. Non credo che lei mi senta più...»

Infatti il signor Cavalli non può sentirlo. Penzola,

lento. La corda scricchiola nel silenzio della casa rotto solo dal gorgogliare gentile dei sanitari del bagno. Pietro potrebbe tirarlo giù. Ma l'aveva già fatta una cosa simile, e in circostanze totalmente diverse.

Apre la porta dell'appartamento e esce di casa.

Fuori il cielo si è schiarito e l'odore di neve spazza la memoria del puzzo acido dell'appartamento. Le cime delle montagne stanno diventando viola. Le più alte già si tingono di rosa. L'alba. Un momento magico. Lassù, a mezza montagna, dove trafficano ancora le ombre della notte, i lupi stanno tornando nelle tane. In basso, nei centri abitati, suonano le sveglie dei pendolari.

Pietro sa che fra qualche ora arriverà la telefonata di De Biase che gli ordinerà di correre ancora a Fontanefredde perché il mostro ha colpito di nuovo.

Appena rientra a casa scrive l'indirizzo del colpevole e lo infila in una busta da spedire anonima al commissariato. Poi accende il computer e si mette al lavoro. Sa già cosa scrivere sull'articolo.

UN'ALTRA VITTIMA. MA NON È LUI

Ancora un omicidio a Fontanefredde

di Pietro Sini

Questa mattina dalle forze dell'ordine è stato rinvenuto un altro cadavere a Fontanefredde. Si tratta di una donna sui 35 anni, bionda. A una prima analisi sembrava che il mostro avesse colpito di nuovo. Stesso modus operandi, stessa scena del crimine. Ma non è lui. Sebbene per un momento la polizia avesse creduto di avere le mani sul maniaco, grazie all'attenta e scrupolosa analisi del commissario Sini e dei suoi uomini, molte incongruenze si sono evidenziate ai loro occhi.

Innanzitutto la presenza di resti organici, che gli inquirenti hanno identificato immediatamente come il rigurgito dell'assassino.

«...il vomito trovato in loco appartiene sicuramente all'assassino.»

«Come potete provarlo, commissario?» chiede Iatta.

«Primo per la posizione. Era a un metro dai piedi della vittima. Poi perché se fosse della vittima, ne avremmo trovato dei resti nella cavità orale...»

In secondo luogo la cucitura era stata fatta quando la vittima era già deceduta. Come pure il sacchetto è stato messo in testa alla donna in un secondo momento, quando cioè era già morta.

«Poi la cucitura... è stata fatta quando la donna era già morta. Il sangue perso dalla poveretta era pochissimo. Le altre vittime presentavano una copiosa presenza di liquido ematico, che significa che l'assassino le ha cucite quando erano ancora in vita.»

La giornalista del Tg5 abbassa il capo inorridita dai particolari.

«Ecco, pregherei i signori delle testate giornalistiche televisive di non registrare i particolari che sto dando, evitiamo di fare dello spettacolo granghignolesco gratuito, grazie.»

Le telecamere si spengono. Anche Iatta fa spegnere la sua. I giornalisti continuano a prendere appunti.

«Altro elemento che ci dice chiaramente che l'assassino non è il nostro mostro è il sacchetto di plastica.»

«Può essere più preciso commissario?»

«Certo. L'ha messo in testa alla vittima dopo. Il nostro invece provoca la morte per asfissia mentre le cuce la vagina. Spero di essere stato chiaro.»

Inoltre l'assassino di stanotte è mancino. Il nostro è un destrorso.

«Che l'assassino sia mancino lo si evince dal modo in cui la donna è stata... cucita. Poi lasciatemi dire, signori, che ha lasciato più tracce di un'orda di Visigoti! E questo non è possibile... non è lui!»

Il vomito, impronte sul sacchetto, impronte nel bosco. Sarebbe stata la stessa cosa se l'assassino avesse lasciato la carta d'identità.

«È uno psicopatico. Semplicemente un imitatore. Ha cercato di nascondere il suo delitto incolpando il mostro. Ma la sua cattura è questione di ore...»

La polizia non tarderà ad arrestare il colpevole. È una manciata di minuti di libertà quella che rimane a questo psicopatico emulatore.

«Ora se mi volete scusare...»

«Commissario Sini... commissario Sini... è vero che...»

«Spiacente ma il tempo a disposizione è terminato. Vi lascio con l'ispettore capo Mastorna, al quale potete chiedere particolari più esaustivi.»

Massimo lascia la stanza piena di giornalisti. Come sempre Pietro lo segue.

«Ti rendi conto Pietro? Questo è un mondo di pazzi» gli dice mentre trottano per i corridoi del commissariato.

«Già. C'è chi fa tutto il lavoro e chi si vuole prendere i meriti.»

Massimo guarda il fratello: «Come fai a fare ironia, in situazioni così?»

«L'abitudine alle situazioni così, Massimo.»

Un agente si avvicina con gli occhi di chi ha da dare una grande notizia.

«Commissario hanno appena portato questa per lei.»

Gli consegna una busta. Massimo la apre davanti a Pietro che allunga il collo per vedere meglio, anche se ne conosce perfettamente il contenuto.

«Cos'è...?» gli chiede curioso.

«Boh... non è firmata... c'è un indirizzo... di Rovere...»

«Che vorrà dire?»

«Che c'è uno che sa. E mi sta dando una mano. Ferretti!» richiama l'agente che si affaccia sul corridoio. «Chiama Borgiani e andate a questo indirizzo. Corri.»

«Volo!» L'agente si precipita fuori.

Mentre Massimo soppesa la lettera anonima, Pietro ha un sorriso sulle labbra.

«Se è quello che penso, sarà l'omicidio risolto più velocemente nella storia di questo Paese!»

«Se è quello che pensi tu, Pietro, allora io vorrei sapere chi me l'ha mandato, e perché!»

«Misteri, Massimo. Accontentiamoci di quello che abbiamo.»

Sentivo che era arrivato il momento di andarci. Erano passati più di vent'anni e mi sentivo pronto. Era primavera. Mi lasciai alle spalle il cielo terso di Roma e presi l'Aurelia. Attraversai la Maremma esplosa di fiori e di verde, fermandomi un paio di volte a pisciare dietro i pini che incontravo sulla strada. Man mano che mi avvicinavo alla Liguria, un odore di ferro si incastrava nel palato. Come se avessi leccato una lamiera arrugginita. Il piede mi tremava sull'acceleratore. Un po' era la stanchezza. Un po' era la speranza che fosse ancora lì. Che nessuno l'avesse più abitata. Avevo con me un sacco a pelo e una torcia. Volevo viverci dentro, abitarla e sentire gli odori. Passarci almeno una notte. Ero sicuro che mi avrebbe aiutato a capire se quei sudori notturni, quei tremori improvvisi, venivano da là. O da qualche altra parte.

Arrivai a Recco dopo cinque ore di viaggio. Riconobbi gli incroci, un negozio di ferramenta, una strada sterrata che andava verso il mare. Superai due colline.

Poi all'improvviso la vidi. Stava ancora lì.

Nel giardino ortiche e forasacchi crescevano indisturbati. Le rose e le piante di lavanda che mia madre aveva piantato non c'erano più, affogate da erbe alte e sconosciute. Tutte le finestre erano chiuse con i battenti screpolati dal tempo e dalla pioggia. Sulle tegole spuntavano steli giallastri e i vetri dell'abbaino erano rotti e sudici di escrementi di uccelli. La canna fumaria ostruita da un nido, vecchio e abbandonato da tempo. La cancellata era arrugginita e un lucchetto con una vecchia catena serrava l'ingresso.

Scavalcai il muretto di cinta ed entrai nel giardino. Ricordavo una piscina. C'era ancora. Piena di foglie marce, e le mattonelle che la rivestivano erano cadute in più punti. Il trampolino che Massimo aveva voluto a tutti i costi era spezzato a metà. Qualcuno aveva spruzzato con la vernice dei loghi misteriosi e illegibili sui muri della villa. Quella non era più la nostra casa al mare. Era stata la casa degli orrori per anni, e ora sembrava un vecchio reduce chiuso in un ospizio a ricordare le giornate gloriose della sua vita.

A terra trovai una sbarra di ferro di quelle che si usavano per fermare le imposte e la adoperai come piede di porco. Forzai la porta finestra, che se ricordavo bene doveva essere quella della cucina. La serratura dei battenti era saltata, spinsi lentamente e come un ladro entrai di soppiatto nella mia vecchia casa delle vacanze.

Buio e movimenti veloci di animali che si andavano a nascondere. Non potevo aprire le persiane, avrei attirato la curiosità di qualcuno, e nessuno doveva sapere che ero lì. Ma la luce della sera che penetrava dalle serrande sgangherate era più che sufficiente. Lontano, dall'abbaino forse, sentivo tubare dei piccioni. I mobili non c'erano più. Erano rimaste due vecchie sedie e l'ombra dei quadri che una volta erano appesi alle pareti. Ragnatele. Le scale di legno che portavano alle camere da letto erano ammuffite, e ogni gradino si lamentava come le ossa di un artritico. La mia stanza si riconosceva dagli adesivi sulla porta. Vuota pure lei. Stesi il sacco a pelo dove ricordavo doveva esserci il letto e cercai di addormentarmi. Lontano il mare respirava, e i vecchi legni della casa cominciarono il loro concerto di scoppi e scricchiolii. Andai indietro con la mente. E per un attimo, fra l'odore di ferro, polvere e muffa, venne l'immagine di mia madre che leggeva il giornale in giardino. Papà che passava il tagliaerbe. Io e Massimo in costume che volevamo andare al mare. E lui che ci guardava.

La pista con le biglie sulla spiaggia. Si prende uno, lo si trascina col sedere per terra e si traccia il percorso. Poi si lavora sugli argini, sulle curve paraboliche e le gallerie. Quando la pista è finita, ognuno si schiera sulla partenza con la propria pallina di plastica.

Dentro c'era la foto ritagliata dei veri corridori del Giro. Io avevo sempre Gimondi, il campione! Papà ci guardava giocare. Stava con noi solo i weekend, la fabbrica non gli permetteva di più. Guardava me, Massimo e gli amichetti del mare... c'erano Francesco, Orlando, Mariuccio... Mariuccio Costa. Lui lo ricordo meglio degli altri. Capita spesso di andare a spulciare nelle emeroteche se hai bisogno di vecchi articoli. Così seppi, tanti anni dopo, che Mariuccio Costa era sparito una notte del 1975, a marzo, e di lui non se ne ebbero più notizie. Puzzava di noce di cocco, perché aveva le lentiggini e la mamma lo riempiva di olio protettivo. Se cercavi di acchiapparlo, sgusciava via come un'anguilla. Qualcuno però era riuscito a prenderlo, una notte di marzo del 1975. E Mariuccio sparì nel buio. Come succede a tanti bambini, ogni giorno. Queste cose non si sanno, ma succedono. Tutti i bambini spariscono. Io sono sparito la mattina del 12 luglio del 1978, in camera da letto di mia madre a Milano in viale Premuda. Massimo non lo so, ma quando tornò dall'Inghilterra mi sembrava sparito pure lui. Nessuno si può vantare di non essere sparito. Con più o meno dolore, succede a tutti. La differenza fra me e Mariuccio Costa è che io lo posso raccontare, lui no.

Dormii parecchio. Era mattino pieno quando mi alzai indolenzito dal sacco a pelo e il sole attraversava i denti fradici delle imposte chiuse. Un topo stava in un angolo. S'era fatto la tana nel vecchio armadio a muro dove io tenevo i giocattoli. Prima di scendere al piano di sotto, andai in camera di papà e mia madre per salutarli. Aprii la porta. Era vuota. Non ricordavo con precisione dove fosse il letto, né com'era fatto. Non era un posto che frequentavo. Quello era il regno di mia madre. Dove passava le ore a dormire o a smaltire la roba che si beveva durante il giorno.

Scesi al piano di sotto. Attraversai tutto il salone fino alla porta che si apriva sulla cantina. Lì volevo andare. La scala era buia e dalla cantina non arrivava la luce, solo una zaffata di umidità. Presi la torcia e scesi i gradini di cemento. Li contai. Erano undici. Poi inquadrai i muri. Mi si gelò il sangue. Qualcuno con la vernice rossa aveva lasciato un ricordo indelebile. ASSASSINO! c'era scritto. Grande, lungo tutto il muro. Era l'unica traccia che mio padre aveva lasciato di sè in questa vita. Una scritta su un muro e una casa piena di fantasmi che urlavano e chiedevano giustizia. L'avevano ottenuta, papà non c'era più da anni. Aveva pagato.

Per me rimaneva sempre e comunque papà, che mi accarezzava le spalle dolcemente quando finiva di farmi il bagno. Al piano di sopra. E chiudeva la porta a chiave perché nessuno ci disturbasse. E nessuno ci disturbava. Stavamo lì, io e mio padre, un'ora, un'ora e mezza. E mi diceva parole dolci, che mai mi avrebbe detto fuori dal bagno. Che io ero il suo amore, la sua cosa più preziosa, e che non mi avrebbe mai fatto del male, che dovevo fidarmi di lui. E io mi fidavo. E se mi faceva male, mi faceva male dentro da qualche parte, vicino al cuore, o nella testa. Ma poi mi passava, e lui mi guardava con i suoi occhi grandi che mi proteggevano dai cattivi, dal mondo che stava fuori che non avrebbe mai potuto capire che razza di amore mio padre aveva per me. Io solo lo capivo. Era mio padre.

Mi alzai dalla vasca da bagno scheggiata e nera di ruggine. Mi asciugai le lacrime. Era da parecchio tempo che non piangevo così. Sapevo da dove arrivavano i tremori notturni. Da dove provenivano gli odori. Ora bastava poco...

Quando mi lasciai la casa alle spalle, attraverso il lunotto termico della macchina potevo vedere il fumo uscire dalle fessure delle imposte del primo piano. Tirava una brezza decisa, non ci sarebbe voluto molto perché tizzoni e assi abbrustoliti prendessero il posto delle vecchie mura.

14 aprile 2002, domenica. Ore 21

Seduti al ristorante da Ernesto a piazza Santa Maria Paganica, Pietro e Gloria sbocconcellano le sagne al guanciale. Non hanno fame. La campana suona le nove e la sala del ristorante è vuota, a parte due uomini seduti in fondo che mangiano e parlano a bassa voce. Basta vedere come Pietro e Gloria sono vestiti per capire che non sono fidanzati e nemmeno due alla prima uscita in vista di un futuro di coppia. Nessuno vuol fare colpo sull'altro. Anzi.

Hanno parlato di tutto. Delle bambine, del giornale, del tempo che ancora non si ricorda della primavera. Ora sono arrivati al bivio. All'argomento della serata.

«Lo so perché mi hai invitata. Ma io, credimi, non ho niente da dirti.»

«Non ce la faccio a vederlo così Gloria... sta nel mezzo di un casino...»

«Lo so. Ma non è la prima volta. E io sono stufa.

Di aspettare... ma che ne sai tu... hai mai aspettato qualcuno?»

No. Non gli era mai capitato.

«Poi le cose si... si sgretolano giorno per giorno.»

«La famiglia è una cosa importante.»

Gloria è tentata di dirgli che anche su quell'argomento lui ne sa quanto un bambino di aereodinamica, ma lascia perdere.

«Massimo ha bisogno di una famiglia. E la sua famiglia sei tu e le bambine.»

«Perché mi butti addosso tutta la responsabilità Pietro? Come se fosse solo colpa mia.»

Pietro mastica il pane e beve un sorso di vino.

«Le cose si fanno in due... io e Massimo abbiamo fatto parecchi errori» dice Gloria.

Ha gli occhi asciutti. Pietro si aspettava almeno un po' di commozione.

«Niente che non si possa aggiustare, no?»

Gloria guarda Pietro come se fosse un bambino che l'ha detta grossa. Che ci vuole ad arrivare sulla luna? Basta un elastico!

«Non è come un'automobile, Pietro. È... è un po' più complesso.»

«Se Massimo si togliesse l'incubo di quell'uomo, forse...»

«Se Massimo tornasse a sorridere e a essere Massimo, sì. Ti direi che le cose potebbero andare a posto... Potrebbero. Che ne so Pietro, non è come parlare di una casa da ristrutturare, Dio mio!»

Mentre Gloria beve un sorso di vino, a Pietro gli sembra che lo stomaco si ritiri come un'onda sulla spiaggia. La donna per lui è un intrico di impedimenti, vincoli e costrizioni.

«Io sono convinto che Massimo tornerà a sorridere, come dici tu. Dagli solo tempo, questo ti chiedo.»

Gloria si guarda intorno. Sente i due uomini in fondo alla sala raccontarsi una barzelletta. Vede il cameriere non perdere un'azione della partita di coppa in televisione.

«Mi dici una cosa Pietro? Ma perché io e te siamo qui? I rapporti sono fra me e tuo fratello. E le cose ce le diciamo da soli, senza un ambasciatore.»

Le mani di Pietro cominciano a formicolare. Non è più a suo agio. Non è più una chiacchierata con la cognata. Si sta trasformando in una resa dei conti.

«Tu hai un amante?»

Gloria scuote la testa. «Ma allora è un vizio di famiglia questo! E se pure fosse, te lo verrei a dire a te?»

«Non mi dai molte possibilità di agire, Gloria.»

«No. Proprio perché non voglio che tu agisca. Ti sei mai chiesto perché qualunque cosa tocchi diventa merda?»

E dice «merda» come se avesse detto «oro».

«Io ho tentato con tutta me stessa di tenerti fuori dalla mia casa, dalla mia famiglia. Ma da quando sei arrivato in città Massimo è peggiorato. È diventato un altro. Ti porti dietro quintali di negatività, lo sai? E la scarichi addosso a tutti. Sei riuscito a infilarti in casa mia, e questo è il risultato.»

«Stai esagerando Gloria...»

«Non mi sei mai piaciuto e non te ne ho mai fatto

un mistero. Hai un'influenza negativa su tuo fratello e...»

Pietro scatta in piedi.

«Non ti permetto di dire questo. Non a me. Massimo è tutto quello che mi è rimasto della mia famiglia. La mia famiglia, capisci? Ma che ne sai tu, che cazzo ne sai, eh?»

Il cameriere guarda la scena. Anche i due uomini che stavano per addentare l'agnello rimangono a bocca spalancata neanche fosse entrato il papa nel ristorante.

«Hai mai saputo che razza di vita ha fatto quell'uomo? Tu eri la sua sicurezza, Gloria. Eri quello che Massimo non ha mai avuto. E tu gli giri le spalle, e dai la colpa a me! Neanche tu mi sei mai piaciuta, ma se lui ti ha scelto, qualcosa di positivo dovrai averla, no?»

«Vai a fare in culo!»

Gloria si alza e esce dal ristorante. Pietro rimane da solo. Si risiede. Il cameriere sembra essersi ricordato un'urgenza in cucina. I due amici dell'altro tavolo tornano a mangiare l'agnello.

«Scusate... scusatemi...» gli dice Pietro, con un sorriso amaro sulla faccia.

«Si figuri... le donne. Né con loro né senza di loro» gli rimanda uno dei due dal tavolo. «A noi!» e alza il bicchiere verso Pietro in un brindisi ideale al sesso maschile. Pietro sorride e ricambia.

Dopo tre mesi Barbara stava ancora a casa mia. Non se ne andava più. Io dormivo in albergo. Il suo odore, la sua pelle, la sua sola presenza mi disgustava. Faceva la padrona, usava il mio appartamento come fosse la sua tana, sua e di quello sgorbio di bambino che riempiva di merda centinaia di pannolini e riduceva la mia cucina un campo di battaglia. Era come se la mia casa fosse stata invasa da un parassita pericoloso, di quelli che si riproducono per partenogenesi, invincibili, radicati nelle fessure dei muri o fra le crepe del pavimento o nella guazza dei tubi di scarico. Enzo doveva riprendersela. Non c'era verso. Ma non potevo andare io da lui a chiederglielo. Mi sarei ritrovato in una posizione di svantaggio, chi chiede parte perdente. L'elettrauto di Tomarancia s'era messo in casa una russa, una delle puttane di Bruschetta. Natasha parlava poco l'italiano e in casa non alzava un dito. Enzo era abituato a essere servito e riverito. Non sarebbe durato con quella.

Dovevo aspettare. Sarebbe venuto lui in ginocchio a chiedermi di riavere la moglie. Allora il coltello dalla parte del manico l'avrei avuto io.

Passai da casa per cambiarmi. Barbara stava cucinando un intruglio, una cosa incolore che puzzava di mestruo. La casa era irriconoscibile. Andai nella mia stanza senza neanche salutarla.

«Ciao Pietro scusa... me devo fa' la ceretta.»

Aprii i miei cassetti. Li aveva riempiti con le sue cose. Le buttai all'aria.

«Sei nervoso?»

La guardai. Mi misi la prima camicia che mi capitò in mano.

«Che fai, esci?»

«No. Mi diverto a cambiarmi sette camicie al giorno... c'è chi colleziona francobolli, c'è chi si cambia le camicie.»

Stava per dire qualcosa. Stava per aprire quel forno di bocca, buona solo per fare i pompini, per sfregare ancora le unghie sulla lavagna dei miei nervi. Che è una cosa estremamente pericolosa.

«Il fatto che io e te abbiamo scopato un paio di volte sul tappeto mica ti dà il diritto di prendere la mia vita.» Mi guardò a bocca aperta. Una cernia in un acquario. «Prima te ne torni da quella bestia di tuo marito, prima mi fai felice.»

«Pietro... io no...»

«Allora te lo dico nella tua lingua, così ci capiamo: te devi leva' dai cojoni! È chiaro?»

La festa da Bruschetta era magnifica. Io mi presi una nera, sembrava scolpita nell'ebano, e aveva le labbra carnose come due salsicce. Enzo era seduto in un angolo, chiuso in un silenzio impenetrabile. Guardava Natasha, la sua nuova donna, che si stava dando da fare con Aldo, l'esattore di Bruschetta, e con Ahmed, un marocchino che forse aveva un uccello due volte quello di Enzo da come Natasha se lo curava amorevolmente.

Poi l'elettrauto si alzò e venne al divano dove io mi stavo divertendo con Jasmina.

«È uno schifo Pietro!»

«Enzo, se non te regge, perché non te ne torni a casa?» gli urlò Bruschetta che stava preparando strisce di coca insieme a Marta, l'unica zoccola italiana del gruppo. «Mica puoi rompe così!»

Enzo annuì un paio di volte. Si andò a mettere il giubbotto e sparì. Natasha neanche se ne accorse. Aveva troppo da fare.

Passò una settimana ed Enzo venne a trovarmi al giornale. Ce ne andammo a prendere una birra.

«Barbara mi manca... la rivoglio a casa.»

«Non lo so...»

«Te prometto che non je meno più!»

«Non me ne frega se la picchi o no. Tu adesso la rivuoi a casa?»

«Sì...» disse perdendosi a guardare il suo bicchiere di birra.

«Dipende.»

«Da che?»

«Da quanto sei disposto a darmi.» Enzo non capiva. «Sono tre mesi che quella sta a casa mia. Tre mesi che mangia, lei e il bambino, che usa le mie cose... facciamo un calcolo?»

«Ma sei una merda!»

«Te la dovevi riprendere prima. Adesso ti costa. Tre milioni. E ti sto facendo un prezzo di favore.»

«E chi cazzo ce l'ha tre milioni!»

«Allora facciamo finta che neanche abbiamo parlato.»

Mi scolai la birra con un solo sorso. Era fresca, buona. Enzo la sua neanche l'aveva toccata.

«Domani l'architetto è a Roma... Che facciamo? Lo facciamo piangere?»

«No, sentimi Pietro. Io tre milioni non ce l'ho. Che faccio, ipoteco il garage?»

«Perché no? È una soluzione... Enzo, è un tuo problema.» Mi alzai. «Non ti preoccupare. Questo lo pago io.»

E lo lasciai lì mentre andavo alla cassa.

La sera giocammo a poker. Io e Bruschetta avevamo fatto un accordo, preciso ed elementare. Quella sera a perdere sarebbero stati in due. Il milanese, che ci rimise quattro milioni, e Enzo, che ne lasciò sul tavolo quasi cinque. Tutti i soldi che aveva. Ma era tranquillo, sapeva che li avrebbe ripresi insieme alla parte che gli spettava del bottino una volta che il milanese avesse levato le tende. Come facevamo sempre. Ma non andò così.

L'architetto se n'era andato divertito. Sapeva perdere, questo va detto a suo onore. Bruschetta aveva già spartito i quattro milioni e mezzo che il milanese aveva lasciato sul tavolo. Era un milione e mezzo per uno. Enzo li afferrò immediatamente. Poi guardò Bruschetta.

«I miei cinque...»

«Cosa?» gli chiese Bruschetta mentre metteva i soldi nel cassetto.

«I miei cinque milioni. Li rivoglio.»

«Col cazzo Enzo. Hai perso.» Bruschetta si era seduto e si versava un po' di cognac. «Qualcuno vuole da bere?»

«Io grazie» e mi sedetti sul divano accanto a lui.

«State... state a scherza'!» disse Enzo con gli occhi di fuori.

«No. Diciamo sul serio.»

«Brutti pezzi di merda. Eravamo d'accordo! Che cazzo state a di'?»

«Enzo hai cercato di fregarci in due mani...» Non era vero. «E noi te l'abbiamo messo nel culo.»

«Brusche', ridamme i soldi sennò faccio uno sproposito.»

«Me la sto a fa' sotto Enzo» disse Bruschetta, e rise.

«Semmai facci causa» aggiunsi.

«A parmigia'. Te marchi molto male. Prima te sei scopato mia moglie, e io ce sò passato sopra. Mò me freghi i soldi? Guardate le spalle!»

Gli restituii lo sguardo: «No Enzo. Guardatele tu!»

Enzo aveva gli occhi spruzzati di odio. Se ne stava in piedi, in mezzo al salone, passando il peso da una gamba all'altra. Poi abbassò lo sguardo sul kilim di Bruschetta. Sembrava che ci volesse sputare sopra. Invece rialzò il viso. Non c'era più traccia di odio o rancore. Erano occhi disperati. Era ancora più bello.

«Vabbe', ho capito. Che volete da me?»

«Che te ne vai e non ti ripresenti più in questa casa» gli disse Bruschetta. «Io con gli animali non ci voglio avere a che fare.»

Enzo si mise il giubbotto.

«Siete dei pezzi di merda!»

Se ne andò sbattendo la porta. Io e Bruschetta ci guardammo e scoppiammo a ridere.

«Ammazza come s'è incazzato!»

«Quanto lo facciamo stare così?» chiese Bruschetta quando finirono le risate.

«Appena Barbara e il bambino tornano a casa.»

«Questione di ore, allora.»

16 aprile 2002, martedì

La polizia non ci ha messo molto a capire che il ragioniere Cavalli era l'omicida della prostituta Inna Krobovic, una montenegrina che a parte sfidare la sorte per sei mesi, da tanto stava in Italia, non aveva fatto altro di rilevante nel nostro Paese. Cavalli aveva ucciso cercando di scaricare la responsabilità sul mostro. Ora se ne sta in un obitorio, e non può più rispondere alle decine di domande che uno psichiatra vorrebbe porgli.

La storia clinica di quest'uomo era sconosciuta. Non s'era mai rivolto a un dottore, non prendeva farmaci contro ansie, panico, niente sostanze psicotrope. Era un malato nascosto, ce ne sono in giro. Sono come le marmotte. Perché stanno in letargo per tanto tempo. Poi un giorno si svegliano. Insospettabili, hanno sempre condotto una vita apparentemente normale. Sono buoni vicini, buoni padri, buoni mariti. Poi arriva il disgelo e si svegliano. Si ritrovano con un altro corpo. Un altro viso. Si aggirano senza sapere cosa farne di questa nuova identità. C'è chi va in cerca di vittime, chi tenta il suicidio. Questo s'era attaccato al primo treno a disposizione. Il treno dell'assassino che cuce le donne. Si era come sentito risvegliare da quei delitti. Chissà da quanto tempo ne progettava uno. Il mostro gli aveva dato il coraggio, la forza di andare fino in fondo. Ma Cavalli non aveva né i mezzi né la capacità del mostro. Il mostro ha coltivato negli anni la sua inclinazione. È un uomo intelligente, non un improvvisato. Ha visto parecchia acqua passare sotto i ponti. E non sbaglia un colpo. È analitico, scaltro, estremamente intelligente. Se non fosse un assassino, potrebbe rivestire alte cariche nella politica, nell'industria. Ma sa che quelle sono cose inutili. Le lascia alle persone che vogliono un potere effimero. Lui sa che il suo è il vero potere, un potere totale. È il potere di una divinità dell'Ade, è uno che può togliere la vita quando vuole, come vuole. Lui si sente il destino. Contro di lui niente può qualcosa. Contro di lui, soltanto lui può agire. Se vuole. Se lo ritiene necessario. È un egosintonico, come direbbe il professor Mannini. Uccide e sa di essere nel giusto. Il ragionier Cavalli è un egodistonico. Si pente di quello che fa, vorrebbe non farlo, ma lo fa. E poi si impicca.

Massimo e Pietro camminano uno accanto all'altro nel parco del castello. Che in realtà è un forte militare aragonese, costruito dagli spagnoli nel 1534. C'è il sole oggi, e respirano assaporando la primavera che tanto prima o poi verrà. Qualche mamma ne approfitta per far prendere aria ai figli. Un bambino si è portato la palla, ma sulle aiuole è vietato giocare. Allora si è messo ad aspettare il suo turno. L'altalena è occupata da due bambine che dondolano e lanciano grida acute.

«Ma chi è entrato in casa sua? C'era il vetro della finestra del retro completamente sfondato.»

«Forse un ladro...» azzarda Pietro.

«In casa non manca niente. E poi roba di valore non ne aveva. In realtà la casa sembra una discarica» dice Massimo.

«Magari un tossico. Sai, a loro basta un televisore, uno stereo... poi ha visto il cadavere ed è scappato.»

«Può essere... può essere. Intanto stanno rilevando le impronte. Vediamo se esce qualcosa.»

Le impronte. Pietro aveva toccato la maniglia della porta di casa. E se le avessero trovate? Insieme a chissà quante altre. No, era impossibile risalire a lui. Di questo era certo.

«Come va nel residence?»

«Di merda. Hai fatto caso che anche lì c'è la moquette grigia?»

«E allora?»

«Come quella trovata sotto le unghie delle vittime. Magari è successo proprio nel mio appartamento.»

Pietro guarda Massimo.

«Scherzo... ieri sono venute le bambine a trovarmi. La piccola si è messa a piangere. Dice che papà deve stare a casa sua.»

«Ha ragione.»

«Ci parli tu con Gloria?»

«Non ci penso neanche. Ma tanto è questione di tempo. Poi tornerà da te. Io ne sono sicuro.»

«Come fai a saperlo?»

«Lo so.»

Sono arrivati alla fine della zona pedonale. Le macchine gli sfrecciano davanti. La quiete e la tranquillità della città finisce lì.

«Mangiamo insieme stasera?»

«Non posso Pietro. Ho da fare. Buratta, il medico legale... mi vuole parlare.»

«Capisco. Allora ci sentiamo. Chiamami.»

«Certo. Anche tu stammi bene.»

«Massimo, te l'ho mai detto che più invecchi più somigli a papà?»

«No... non me l'avevi mai detto.»

«Ti dispiace?»

«Perchè dovrebbe dispiacermi? Sono suo figlio...»

Pietro si allontana per raggiungere la sua automobile.

«Pietro?»

Si gira. Massimo lo guarda con il suo sorriso, un po' malinconico, ma è il suo sorriso di bambino, si distingue anche sotto le rughe che gli ballano sulla faccia.

«Ti voglio bene.»

«Anch'io Massimo. Anch'io.»

Pietro riprende la sua strada. Vede le vetrine dei negozi appannarsi, come se una nebbia improvvisa fosse scesa ad avvolgere le cose. Ma non è nebbia. Sono i suoi occhi.

Barbara aveva ripreso i suoi quattro stracci e si era levata di torno. Chiamai due donne filippine e feci ripulire l'appartamento in ogni angolo. Tenni le finestre aperte per giorni. Rimisi le mie cose al loro posto e finalmente ripresi possesso della mia casa.

Avevo riportato a Enzo i cinque milioni che aveva perso quella sera con il milanese. In più gli avevo regalato la mia parte. Lui li accettò guardandosi le scarpe. Barbara non l'avrebbe più sfiorata. Era annientato. Mi ero fatto un cameriere, come al tempo dell'istituto. Potevo fare di lui quello che volevo.

Una sera andammo con Bruschetta a cenare in un bel ristorante a San Lorenzo. Poi proposi un bicchiere a casa mia. Era una serata rilassata, non c'era più traccia delle ferite che c'eravamo inferti. Bruschetta si alzò e se ne andò. Rimanemmo io e Enzo. Lo guardai e lui capì. Gli feci l'iniziazione, che lui accettò senza protestare. Senza partecipare. Ma faceva quello che gli chiedevo. Quando stava con me era come svuotato di ogni volontà. Finalmente era quello che desideravo da quando l'avevo incontrato quella notte all'Eur in mezzo ai travestiti. Enzo era diventato una cosa mia che potevo gestire come più mi piaceva. Il giro era completo. Poteva bastare. Possedere la vita di queste persone mi dava un senso di gioia. Avrei voluto lavorare anche su Bruschetta, ma lì la cosa era difficile. Bruschetta era della stessa razza mia. Con lui mi ero limitato a spartire il territorio.

Poi ormai era maggio, e accadde quella cosa...

Bruschetta si lamentava. Una ragazza, Federica, non lo pagava più. S'era messa con un altro e sfruttava una casa di Bruschetta per farsi gli affari suoi. Andammo tutti e tre a regolare il conto con questa tipa.

La trovammo nello studio, un sottoscala in via Casilina, screpolato dall'umidità e che puzzava di plastica bruciata. Beveva il whisky pagato da Bruschetta insieme al suo nuovo protettore, un ometto tarchiato con una massa di capelli ricci. Lui quando ci vide sbiancò. Ma eravamo imbottiti di roba, e fermarci non era possibile. Non avevamo più freni e le cose presero una direzione un po' diversa. Dovevamo dargli una lezione. Quindi li portammo sulla Tiburtina, una strada che da Roma porta verso i Castelli. Era notte, e ricordo ancora la puzza di sudore che usciva dal maglione di licra del nuovo pappone di Federica. Se la stava facendo sotto. Lei invece non parlava più. Non poteva. Un paio di sganassoni di Enzo le avevano tolto l'intelletto. A dodici chilometri dalla città ci sono delle cave. Una era abbandonata. Ci fermammo. Cercavamo il laghetto, quello che si usa per far raffreddare le catene che affettano le montagne di travertino.

Fu un attimo di distrazione, e il pappone scartò di lato e cominciò a correre nella cava. C'era un po' di luna, e le falde della montagna sventrata erano più bianche delle lenzuola. Si vedeva bene il fuggiasco, come un'ombra sullo schermo di un cinema. Enzo e Bruschetta lo inseguirono. Io mi occupai della ragazza ancora tramortita dagli schiaffi di Enzo. Sapevo cosa eravamo venuti a fare. E sapevo quello che dovevo fare io. Trascinai la ragazza fino al laghetto. Non ero io che facevo le cose. Era qualcun altro. Era un uomo forte e spietato, coraggioso e spaventoso, che aveva decretato che per quella ragazza i giorni erano finiti lì. E mi tornò quella sensazione, quando da bambino andavo sull'altalena a testa in giù, e la terra era il cielo e il cielo la terra. Poi chiudevo gli occhi e non ero più io, volavo fendendo le stelle, lo stomaco era nei piedi, i piedi nella testa... la stavo per gettare nel laghetto, quando Enzo e Bruschetta tornarono con il pappone gonfio e rosso in faccia. Ridevano. Mi guardarono e la risata gli si strozzò in gola.

«Che stai a fa'?»

Non risposi. Mi sentii come risvegliato da un sonno di oppio e di fumo.

«Ma che la volevi buttare dentro?» mi chiese Bruschetta.

«Perché, no?» chiesi candidamente.

Enzo e Bruschetta scoppiarono a ridere di nuovo.

«Ammazza, ahò... al parmigiano la roba je fa male!»

Legarono Federica e il pappone schiena contro schiena. Svegliarono la ragazza.

«A Federi', stavolta ve lasciamo qua. Magari qualcuno domattina ve vede e ve libera. La prossima volta ve vengono a raccoje dentro al laghetto. Sò stato chiaro?» disse Bruschetta.

Federica annuì.

Risalimmo in macchina e li lasciammo legati sulle sponde del laghetto.

Enzo, che era seduto davanti, si accese una sigaretta e si girò verso di me.

«A Pietrù, ma che te stava a di' er cervello prima?»

«Niente Enzo... niente...»

Mi guardò con occhi diversi. Mi sembrava quasi spaventato. Anche Bruschetta mi osservava preoccupato dallo specchietto retrovisore.

«Vabbe', domani sera facciamo una bella festa a casa mia... e ce scordiamo 'sta cosa!»

La macchina accelerò percorrendo la strada sgombra per ritornare sul Grande Raccordo Anulare. La luna stava tramontando, e io con lei. Mi prese un sonno tremendo. Mi addormentai e finalmente sognai la faccia di papà che rideva e mi lanciava un pallone, mentre mia madre se ne stava seduta sul prato a guardarci. Gli scossoni della macchina ogni tanto mi svegliavano. E nel dormiveglia del viaggio di ritorno a Roma, capii che ero pronto.

E non avevo paura.

19 aprile 2002, venerdì. Ore 20.15

Massimo e Gloria entrano nel ristorante da Ernesto. La sala è piena, e non c'è viso che non si giri verso i nuovi arrivati sfoderando sorrisi di compiacimento.

«Bravo Massimo... bravo!»

«Grazie dottor Marchionni...»

Saluta il giudice e cerca di farsi spazio fra la ressa dei tavoli. Poi la voce scherzosa di Serafini che sta già alla terza bottiglia di Montepulciano.

«E non è possibile! E accendi la televisione e c'è il dottor Sini, e apri il giornale e c'è il dottor Sini, e vieni al ristorante e c'è il dottor Sini» L'assessore provinciale ride felice coi suoi invitati. «Complimenti vivissimi commissario! Ormai non c'è telegiornale che non parli di lei...»

«Grazie dottor Serafini...»

«Veramente... lei è stato splendido... ho saputo dell'encomio del sottosegretario.»

«Sì, sono cose che fanno piacere, davvero. Le presento mia moglie.»

«Gloria...»

L'assessore si alza per un baciamano galante.

«Serafini... signora è un piacere... volete unirvi a noi?»

«No, grazie abbiamo un tavolo.»

«Ancora complimenti commissario... in meno di ventiquattro ore... il suo è un record!»

Gloria e Massimo si allontanano ringraziando con sorrisi e leggere chinate di capo tutti i commensali. Sono al centro dell'attenzione, e si sentono un po' più vicini, un po' più accordati. Prendono posto al loro tavolo appartato. Ci pensa il cameriere a far accomodare Gloria.

«Commissario... signora...»

«Guarda France', già sappiamo... fettuccine al cinghiale che non le mangiamo da una vita... ci mancano!»

«Subito commissa'... vi ho portato il Morellino... come al solito...»

«Bene...» si siedono.

«Dottor Sini, guardi che voglio l'autografo, eh?»

«France', non mi freghi... che tu sotto ci metti la carta carbone e un libretto degli assegni...»

Gloria e il cameriere ridono.

Massimo si emoziona a vedere sua moglie ridere. Non succede da tempo. La loro non è una semplice cena in famiglia. Basta vedere come si sono vestiti. Come fossero a un primo appuntamento, a una prima annusata, quando si sa che c'è qualcosa nell'aria, ma si sa altrettanto bene che non sarà questa la sera in cui si finirà a letto insieme.

Gloria ha un completo da uomo, la camicia bianca aperta davanti fa scorgere appena il reggiseno che cerca di contenere il petto prorompente. Un filo di trucco sugli occhi e la bocca appena un po' più rossa. Massimo si è messo addirittura la cravatta, bordeaux, su un abito blu scuro e le Church comprate oggi pomeriggio che gli fanno un po' male.

Devono imparare a conoscersi di nuovo, e non stanno fingendo, si sentono davvero al primo appuntamento. Come se stessero ristrutturando una casa, ricominciano dalle fondamenta. Per tirare su pareti e impianti idraulici ce ne vuole, lo sanno. Ma è già un inizio.

«Come stanno le bambine?»

«Bene. Lo sai che in televisione vieni discretamente?»

«Sì?»

«Sì. Sei... aspetta come si dice... fotogenico.»

«Sono bello, altroché!» e ridono insieme.

«Vino?»

«Solo un goccio. Sto cercando di darmi una regolata... hai visto che pancia ho messo su?»

«Mi piacciono gli uomini con un po' di pancia. Mi dà l'idea che si sanno godere la vita.»

«Non l'avrei mai creduto.»

«No. Ci sono anche altre cose che non ti ho mai detto...»

Massimo beve un sorso di Morellino.
«E cioè?»
«Piano... mica tutto stasera. Intanto diciamo che... senti, è un po' che ci penso. Ma prima volevo parlartene.»
«Ohi ohi... hai il tono di chi sta per sparare grosso!»
«No... pensavo... è una cosa seria... ho parlato con la mia amica Betta...»
«Oddio Betta la cicciona! Cos'è, ha saputo che tornano di moda le minigonne?»
«E piantala, parlo sul serio... Insomma vicino casa sua vendono un attico. Un affare.»
«E vuoi andare a vivere a Roma?»
«Be', mi piacerebbe, sì...»
«E io?»
«E tu chiedi il trasferimento.»
Massimo la guarda. Gloria ha gli occhi lucidi. È una proposta seria e da prendere in considerazione come la più bella notizia degli ultimi due anni. Roma... perché no?
Ma il commissario ha una cosa dentro che rode, lo sa che rischia di rovinare tutto, ma la deve dire.
«Lo sai che qui ho un conto in sospeso. Se mi trasferisco prima di chiudere la pratica, sai che figura...»
«Lo so, e so anche che ce la farai a prenderlo. Sei o non sei il numero uno?»
«Ancora no, Gloria... ancora no» e un velo grigio si posa come uno straccio umido sul viso di Massimo. «Ho bisogno di un colpo di fortuna vero. Secondo me sta per colpire di nuovo. Non sopporta

che le prime pagine se le sia prese un anonimo ragioniere... sento che ci siamo...»

«Per stasera non parliamo di lui, va bene?» dice Gloria infastidita.

Massimo non insiste, già è stato rischioso nominare il problema, non deve abusare della pazienza di sua moglie. «Hai ragione. Stasera parliamo d'altro... per esempio la Opel mi sta lasciando.»

«Non mi guardare così... scordati che ti do la mia, eh?»

«Figurati. Solo per sistemare la pancia dentro quella scatoletta ci metto un quarto d'ora!»

«Lo vedo... e se non ti metti a dieta ti dovrai comprare un Transit, lo sai?»

Ridono.

«Ma se avevi detto che gli uomini con un po' di pancia...»

«Un po' di pancia Massimo... un po'!» Ridono ancora. Francesco porta i primi.

«Ecco commissario... *bon appétit*!»

Odorano come una cosa che viene dal paradiso.

«Be' stasera vada come vada... comincio domani!» dice Massimo, e inforca le fettuccine al cinghiale come se non vedesse cibo da anni.

Non possono accorgersi che fuori, nella piazza, Pietro li sta osservando attraverso il finestrone addobbato del ristorante. Li vede sorridere. È tutto un luccichio di bicchieri, posate, perle e denti. E se Massimo ride mostrando i denti vuol dire che ha veramente voglia di ridere. Altrimenti, Pietro lo sa, avrebbe tirato solo un po' su gli angoli della bocca.

Pietro invece non ride da un anno e mezzo. Ma non è tristezza o depressione la sua.

È concentrazione.

Ianek ha invitato Sonia a cena e hanno passato la notte a casa di lei. Annalisa chiude il quaderno felice e si va a prendere un sorso di Coca-Cola. La descrizione del sesso che i due hanno fatto per ore è una delle cose migliori che abbia mai scritto. Una pagina poetica e allo stesso tempo sensuale, dolce e violenta, e i dialoghi dei due protagonisti, sussurrati con le bocche che si mordono, pieni di punteggiature, l'hanno addirittura eccitata.

Alle nove meno dieci suona il telefono. Lei sobbalza sulla sedia, non è abituata a ricevere telefonate in genere, figurarsi a quell'ora di sera. Lascia il quaderno e va in camera da pranzo. Sarà la cugina, o il padre da Torino.

«Lo vedi che non mi sono dimenticato di te?»

Una voce calda, tranquilla e solida.

«Chi è?» risponde Annalisa.

«Oh, che delusione. Pensavo mi riconoscessi subito. Volevo farmi vivo prima, ma sono stati giorni un po' incasinati.»

«Pietro?» dice Annalisa con un filo di voce, flebile come la speranza che l'avrebbe risentito.

«Chi dovrebbe essere? Certo che sono io. 8400001, avevi ragione, il numero è facile da ricordare. Hai mangiato?»

S'era mangiata un pezzo di pizza da Ruggero, giù all'angolo.

«No. Ancora no. E tu?»

«Io nemmeno. Bene, che fortuna. Allora preparati. Alle vecchie mura, va bene?»

Ristorante che Annalisa non si può permettere. Per non parlare di Ernesto o le Mangiatoie. Quand'è giorno di festa, col padre al massimo va alla pizzeria La botte a Tornimparte o da un cinese, che al papà fa schifo.

«Va... va benissimo...»

«Ti passo a prendere... diciamo fra una mezz'ora, va bene?»

«Sì... sì, penso di sì...»

«Ti sento strana. Ma hai da fare? Non ti va?»

«Ma scherzi!» quasi gli urla sopra. «...No è che... ho la testa dentro un racconto che sto scrivendo. Per questo mi senti un po' distratta...»

«Abbiamo una scrittrice, allora...»

«Scrittrice... vabbé, ci provo... ma fra mezz'ora va benissimo. Il tempo di una doccia e sono da te.»

«Bene. A più tardi allora.»

«A dopo Pietro.»

Annalisa mette giù il telefono e si scaraventa in bagno. Ha finito la saponetta alla menta, quella che le piace da matti. Anche i capelli sono in uno stato da far pietà. Deve lavarli. Ce la farà in mezz'ora?

La doccia è bollente, piacevole, ma sa che non può starci più di tre minuti. Primo per il consumo di acqua calda, secondo perché per asciugarsi i capelli, vestirsi e truccarsi un po' venticinque minuti le sono appena sufficienti. Mentre si insapona pensa e sorride. *Mi ha chiamato. Mi ha chiamato!* Ormai lo dava per perso, pensava che Pietro avesse cambiato idea. Invece no. *Allora era lui in macchina sere fa. Ha continuato a pensarmi...* Chissà perché ci aveva messo tanto tempo a farsi vivo. Il lavoro, sicuramente.

Perché quando i capelli devono fare i capelli, decidono di essere degli spaghetti scotti? O dei fili di paglia secchi e ormai inservibili? Perché quando dovrebbero essere docili e vaporosi come assicura la pubblicità dello shampoo, si oppongono piegandosi ovunque tranne dove e come vorresti? Colpa dell'umidità, o forse del phon. Annalisa li guarda. Terrorizzata.

«Cazzo, sembrano un cesto di cicoria!» urla dando un colpo di spazzola finale.

Decide per il gel, anzi la schiuma fissativa. Regge solo un paio d'ore, poi si affloscia, ma la prima occhiata è quella che conta. Poi uno si abitua al viso che ha davanti, e certi difetti non li vede più.

Le sono rimasti poco più di tredici minuti. E ancora deve vestirsi e truccarsi. Ha già pensato sotto la doccia cosa mettersi. Sa quali sono i suoi punti forti e i punti deboli. Seno e culo sono da invidiarglieli. Quindi una gonna optical al ginocchio che ha preso in liquidazione a Pescara e le accarezza i glutei. Sopra una cosa semplice, una maglietta nera e attillata, da dove spuntano i seni come le tombe etrusche a Tarquinia da sotto il manto erboso. Calze nere, ma non coprenti. Ha delle belle gambe. I polpacci disegnati e le caviglie sottili. E un paio di scarpe nere. Semplici, con un tacco medio. Avrebbe anche delle décolleté rosse, ma per un primo appuntamento sono un po' troppo. Non è che uno debba consegnarsi su un piatto d'argento.

Si guarda allo specchio. Sta bene. Se fosse un uomo, si corteggerebbe? Non lo sa. Ci pensa su, ma poi si accorge che ha solo cinque minuti per affrontare la parte più dura. Quella che non c'è trucco che possa coprire. Il viso. Attenua un po' le occhiaie, ma il naso è quello che è. Decide di mettere un rossetto appena accennato, che se fosse troppo rosso farebbe risaltare i due denti mancanti. Gli occhi sono il suo forte. Sono azzurro chiaro, e lei li accentua con un ombretto due toni più scuro. E un eyeliner appena accennato.

Il citofono suona. Annalisa si guarda allo specchio. Va bene così. Deve andare bene così, succeda quello che deve succedere. Con mezz'ora a disposizione ha fatto miracoli. Se poi vuole Julia Roberts, pensa, citofonasse a lei, no?

«Sì?»

«Sono io...»

«Scendo!»

Si mette il cappotto. Si guarda allo specchio. Una rassettata veloce ai capelli. *Cicoria, sembrano proprio un mazzo di cicoria!* E poi esce da casa.

Mentre scende la rampa di scale, ha il cuore a mille. Batte come un tamburo. Deve fermarsi dietro il portone. Per riprendersi. Non è bello presentarsi affannata.

Normale, devo essere normale.

Tira un bel respiro e sente che il battito si sta lentamente regolarizzando. Lo stomaco è strizzato come una spugna. Poi un pensiero terribile la graffia peggio di un gatto.

L'alito!

Apre la borsa. Mette in bocca una vecchia Fisherman's Friend e mastica la pasticca con tutta la forza. Gli occhi le si bagnano leggermente di lacrime. *Cazzo no, l'ombretto!* Poi deglutisce la caramella che le infiamma l'esofago e i bronchi. Si sente pronta. Mentre si avvicina al portone, le viene in mente che Pietro non le ha chiesto l'indirizzo. Come faceva a sapere... *ah già... allora quella sera in macchina era proprio lui...*

Apre il portone. Lui è lì che le sorride. Lei lo guarda. Se fosse per Annalisa, salterebbe la cena e salirebbe subito in camera con quell'uomo.

«Sei bellissima» le dice.

Un tonfo nello stomaco, come un sasso in uno stagno.

«Grazie...»

Pietro gira intorno all'auto. Le apre lo sportello.

«Allora signora prego... si accomodi...»

«Grazie.»

«Mi sono permesso» tira fuori una rosa bianca e gliela porge.

«Grazie...» *Cretina, sono tre volte che dici «grazie». E che, non conosci altre parole?* «È bellissima» dice odorando il fiore.

Chiudono gli sportelli, Pietro ingrana la marcia.

«Annalisa... allora scrivi racconti? Ora voglio sapere tutto!» La Citroën lascia la casa di Annalisa. Il quarto di luna nel cielo se ne sta nascosto dietro una nuvola nera.

Ero appena arrivato in città. Al *Centro* ero considerato un ottimo giornalista. Provenivo dalla capitale e avevo lavorato su due quotidiani importanti. Era il 2001 e la scelta cadde sull'Aquila perché Massimo e la famiglia stavano lì. Mi accorsi subito che le cose andavano male. Gloria è una donna difficile, non riesce a essere mamma, non le piace lavorare, non ho mai capito cosa vuole questa donna un po' sciatta dalla vita di mio fratello. Ma Massimo l'amava, e l'ama ancora, e per me questo è abbastanza. Le bambine invece sono meravigliose. Somigliano a Massimo. Un po' anche a me.

«Perché ti sei chiuso qui all'Aquila? Non stavi bene a Roma?»

«No. Preferisco le montagne» risposi a Gloria che sogna Roma da quando è nata. Lei è di queste parti. Non sapeva che io ero arrivato per fare un regalo meraviglioso a Massimo, per dargli una vita migliore. Per farlo felice.

Il primo articolo lo feci su dei ragazzi che tiravano sassi dal cavalcavia sulla strada per Scoppito. Mi riuscì molto bene. Avevo indagato su questi ventenni. Noia della città di provincia, la ricchezza senza speranza nella quale vivevano, il domani uguale all'oggi e i giorni che si inseguono identici e grigi. Li aspettava lo studio del padre, una moglie, dei figli, una vecchiaia e la morte. Questo a vent'anni è poco. Sebbene io avrei volentieri cambiato la mia vita con la loro, li capivo. E fu il mio articolo a suggerire agli avvocati la linea di difesa. Fu citato più volte durante il dibattimento. Insomma, con un articolo mi ero già fatto un nome.

La città poi ha i suoi aspetti positivi. Silenziosa, riservata, benestante, genuina. Venendo da Roma mi sembrava di avere a che fare con una vecchia ereditiera che cena alle sei e va a letto dopo il telegiornale. Una signora semplice, che però fa ancora il suo effetto nonostante l'età. Tutto il contrario di Roma, che ti sbatte in faccia la sua sensualità e che è e sarà sempre una vecchia bagascia. L'Aquila è una signora latifondista con la puzza sotto il naso, recita la parte della persona schietta e sincera, ma ha parecchi cadaveri nell'armadio. Mi piacque per questo. E mi ci trovai a mio agio.

20 aprile 2002, sabato. Ore 02.30

Non si muove più. Ora sembra un fagotto. È stesa su vecchi giornali che hanno assorbito il flusso di sangue uscito dal suo corpo come un ladro da un appartamento. Le mani legate dietro la schiena col fil di ferro. E il suo viso non si vede più, chiuso in una busta di plastica.

L'ombra ha finito la bobina. Il filo di nylon che gli serviva per cucirla gli è stato appena sufficiente, ancora un centimetro e non ce l'avrebbe fatta.

E le pareti cominciano a muoversi, prima si schiacciano, poi si allargano all'infinito. Diventano cielo e terra, e l'ombra in ginocchio sul corpo di lei respira a bocca aperta chiudendo gli occhi. Allarga le braccia e dal buio la sua voce prende forma, appena udibile, sussurrata e roca, antica come la morte... «Il cielo è la terra, la terra è il cielo, i piedi nella testa, la testa nei piedi... lo stomaco sale e scende, e io volo fendendo le stelle... l'altalena... come sull'altalena... è bellissimo... il cielo è la terra, la terra è il cielo... i piedi nella testa e la testa nei piedi... volo fendendo le stelle...»

20 aprile, sabato. Ore 06.30

«Pronto?»

«Pronto, sono De Biase.» È il caporedattore. «Pietro ci siamo di nuovo. Stavolta al cavalcavia sulla strada per Scoppito. Fra cinque minuti arriva Mutti.»

Ha colpito ancora. E in poco più di un mese.

Mutti arriva con la Clio ancora pesto di sonno. Ha passato la notte in bianco per sviluppare le foto della partita di rugby. Come al solito i due non parlano. Hanno fretta di arrivare. Pietro vuole vedere Massimo, i suoi occhi. Per sapere che le cose finalmente si stanno mettendo bene.

Escono dalla città e arrivano al cavalcavia. La solita scena. Auto della polizia, l'ambulanza e il furgone dell'obitorio. Pietro scende dalla macchina. Il vento gli si infila tra il giubbotto e la sciarpa. Anche oggi è il primo giornalista ad arrivare sul luogo. Borgiani infreddolito gli va incontro.

«Pietro... ci risiamo... mi raccomando tieniti a distanza dai nastri.»

«Massimo?» gli chiede Pietro impaziente.

«Il commissario è qui.»

Pietro e il fotografo si avvicinano al luogo del delitto. Mutti carica la pellicola nella Nikon. Ha le mani intirizzite dal freddo, ma quell'operazione potrebbe farla con gli occhi bendati e due moncherini al posto delle dita.

Sotto il cavalcavia c'è la vittima. Stavolta Pietro la vede per intero. Nuda. Il sacchetto di plastica in testa. Mani legate e una macchia di sangue rappreso in mezzo alle gambe. Chini, gli uomini della Scientifica stanno operando coi loro guanti di lattice bianco. Massimo come al solito parla con Buratta. Se la sconfitta avesse uno sguardo, sarebbe quello del commissario Sini.

«Commissario!» È uno dei due tecnici col camice. «Qui! Presto!»

Massimo corre verso il cadavere.

«Che c'è?»

«Guardi un po'...»

Il poliziotto della Scientifica solleva un oggetto con le sue pinze. Una cinta di cuoio segata a metà già cosparsa di polvere al diossido di manganese.

«L'ha lasciata intorno al collo della vittima.»

Massimo sembra un flipper con tutti i bonus accesi. «E...?»

«Commissario... abbiamo un'impronta!»

Mutti si è messo di lato e scatta le foto col grandangolo. Il tecnico mette la cinta nella busta dei reperti e Massimo alza lo sguardo su Pietro. Annuisce. Pietro lo sente. Non c'è bisogno di parole. Il fratello è alla fine del tunnel. Sta per togliersi un gran peso di dosso.

«Raffaele...» il commissario chiama Buratta che sta esaminando le unghie del cadavere.

«Dimmi pure...»

«Vado al commissariato. Ci siamo!»

Il medico sorride e riprende il suo lavoro. Il commissario raggiunge il fratello.

«Facciamo la conferenza come al solito, in questura...»

«È lui?»

«È lui... l'articolo ha funzionato! Ha sbagliato!»

«Non puoi dirmi niente?»

«No Pietro... c'è un ordine da rispettare.»

«Ma stai sorridendo!»

«Sto sorridendo Pietro! Sto sorridendo! Andiamo!» urla a un agente. «Ti voglio bene.»

Abbraccia Pietro e sale in macchina.

A Pietro non rimane che aspettare la conferenza. Le quattro ore più lente della sua vita. Ma saranno quattro ore dolcissime, perché è sicuro che quello che sentirà dal fratello sarà miele, armonia allo stato puro.

Va verso Borgiani che fuma una sigaretta pensando a chissà cosa.

«Si sa chi è?»

«Non ancora, ma come le altre era bionda, occhi azzurri, sui trenta... soffocata dal sacchetto di plastica e... la cosa là... la...»

«La vulva?»
«Ecco sì, la vulva cucita col filo di nylon.»
«La firma è chiara è leggibile...»
«La firma è chiara è leggibile.»
«Vabbe', ci vediamo a mezzogiorno...»

Il poliziotto spegne la sigaretta e torna al lavoro. Mutti ha finito e rimette a posto la sua macchina fotografica mentre la bara di zinco lascia il cavalcavia.

20 aprile, sabato. Ore 12.45

«Credo che questa volta abbia fatto un passo falso» dice il commissario alla platea della stampa davanti a lui. «Non posso rivelarvi di cosa si tratta, ma io e i miei collaboratori siamo convinti di essere a un passo dal mostro.»

«Non sarà una falsa pista, come quella del ragionier Cavalli?» chiede Limentani di *Repubblica*.

«No... stavolta è lui.»

«È come se avesse voluto riaffermare il possesso del territorio» interviene il criminologo Mannini. «Ha voluto ricordarci che è ancora lui a comandare, a tenere la situazione sotto controllo. Ma stavolta la fretta di colpire l'ha buggerato...»

«Sì. E ci ha lasciato qualcosa...» dice Massimo.

Bocche cucite. Indagini a tappeto. La solita solfa. Ma stavolta hanno qualcosa in mano. E il commissario non la dice, certo. È un professionista, non si butta via una notizia così importante con dei giornalisti, anche se fra loro c'è il fratello che lo guarda con gli occhi lucidi e un sorriso che sembra tagliargli la faccia in due.

È la prima volta che Massimo lo vede ridere.

«Si conosce l'identità della vittima?»

«Sì. A pochi passi dal cadavere è stato rinvenuto il suo portafogli... si tratta di Annalisa Moretti. 33 anni.»

Annalisa. Che non immaginava di morire prima di sua madre, e che lascia il padre e un quaderno pieno zeppo di cose. Che probabilmente nessuno leggerà mai.

«Lavorava all'Autogrill sulla statale. Non lontano da Fontanefredde» aggiunge il commissario.

«Vicino all'ultimo delitto del mostro, no?» chiede Marongiu del *Messaggero*.

«Esatto. Non escludiamo che il mostro l'abbia potuta conoscere proprio durante la preparazione del suo penultimo omicidio, quello di Sonia Franchi.»

Ho passato le ore dopo il ritrovamento di Annalisa a camminare per la città. Guardando le vetrine, le facce delle persone che corrono a sbrigare i loro affari. I ragazzi seduti nei bar che aspettano la sera per muoversi con le loro automobili di lusso, per gettarsi nelle discoteche o schiantarsi su qualche strada all'alba del nuovo giorno. E ripenso a Loredana Leontini. La prima vittima. Aveva trentadue anni e faceva la commessa. Era bionda con gli occhi azzurri. Ma la cosa soprendente è che Loredana aveva lo stesso azzurro di mia madre. Quello che nelle giornate di pioggia diventa grigio. Sono occhi di mare, e come il mare assumono il colore del cielo, perché in realtà sono occhi trasparenti. Sono occhi di mare e cielo. Li aveva anche Francesca Minutillo che faceva la segretaria dal notaio Girondini che con la ragazza ci provava pure. Lui, cinquant'anni portati malissimo, fingeva dolore per la scomparsa di Francesca mentre la polizia lo interrogava. Fu anche sospettato, per un paio di settimane. Fino al 20 agosto, la notte del 20 agosto, quando Antonella Farinotti fu ritrovata vicino allo stadio. E capirono che il notaio era innocente e lo lasciarono vivere la sua vita.

Antonella Farinotti invece non lavorava, non studiava, era ricca. Era passata per tutte le tappe che una ragazza viziata incontra nel suo passaggio esistenziale. Una vita oltre il limite di velocità che culminò all'età di 33 anni quando investì un pensionato. Basta con droghe e alcol, al loro posto Chanel e foulard Hèrmes, la ricerca del marito vero, il progetto di fare figli e assicurare al bel giovane che l'avrebbe impalmata un impiego rilevante nell'azienda di papà. Mentre lei se ne sarebbe stata in villa ad accudire i suoi figli. Magari ogni tanto un amico, il giardiniere, l'istruttore di aerobica. Ma non fece a tempo a mettere in atto il suo piano. Si fermò prima.

Al giornale mi sono dato malato. Le cose, al punto in cui sono, stanno camminando da sole. Notiziari e quotidiani riportano le interviste di mio fratello, che ormai è al centro dell'attenzione. Sta seguendo la sua pista. Lo so, la cinta di cuoio trovata intorno al collo della vittima. È una novità, il mostro non aveva mai lasciato niente di personale sulle vittime. Soprattutto un oggetto a lui così caro. Una semplice cinta di cuoio segata a metà con un coltello da cucina dalle mani di un bambino disperato. E che aveva sempre conservato, come ricordo di una brutta giornata di luglio di tanti anni fa. Non era difficile trovare un'impronta su quella cinta. E bisognava confrontarla con le impronte di tutti i commissariati del Paese, sperando che il mostro fosse una persona schedata.

23 aprile 2002, martedì. Ore 13.35

Massimo è seduto davanti al fax nella sua stanza. La gamba destra non la smette di agitarsi. Cecere e Buratta sono sul divanetto, proprio di fronte alla finestra. Il dottore fuma la pipa come al solito, Cecere sembra seduto su un cuscino di spilli. Nessuno sente la fame. E a nessuno viene in mente di ordinare un paio di tramezzini al bar.

Aspettano.

Hanno inviato le impronte trovate sulla cinta di cuoio a tutti i commissariati d'Italia, e hanno avuto una risposta positiva da quello di Roma Eur. Stanno aspettando il fax. Non dovrebbe tardare. La tensione ha talmente appesantito la stanza che Cecere si deve alzare per aprire la finestra. Bussano. È L'ispettore Borgiani.

«Commissario?»

«Non ora Borgiani.»

L'ispettore guarda Cecere e Buratta che continua a tirare dalla sua pipa.

«Ancora niente?»

«Ancora niente» risponde Massimo mentre Buratta e Cecere fanno cenno di no con la testa.

«Ma sono sicuri?»

«A Roma hanno l'impronta, corrisponde in più di nove punti, quindi possiamo esserne sicuri, al cento per cento.»

«Vi dispiace se?»

«Vieni prego, entra.»

Borgiani resta in piedi in quello strano silenzio. Tutti guardano il telefono. Poi uno squillo, un *buzz* elettrico e il fax si mette in moto. Si lanciano sul marchingegno che sta vomitando un foglio di carta stampata. Si legge l'intestazione COMMISSARIATO EUR ROMA POLIZIA DI STATO. Poi il nome dell'ispettore della Scientifica che manda il documento, tale Antonio Ingravallo. «A seguito della nostra ricerca presso il NS ufficio, protocollo numero...» Massimo vorrebbe strappare la carta e leggere il nome e il cognome del proprietario dell'impronta.

«Calmati, Massimo...» gli dice Buratta «ormai ci siamo.»

Dovrò raccontare i particolari di tutti gli omicidi? Non credo. Parlano da soli. Dovrei fingere di provare rimorso? E perché? Non provo alcun rimorso, anzi lo rifarei. Per quei brevi momenti in cui senti una vita spegnersi fra le tue mani rinascerei e lo rifarei. Lì il cielo diventa terra, e la terra il cielo, e voli fendendo le stelle...

Sono venuti nella mia vita a strapparmi le cose

più care. E in fondo, somiglio a mio padre. Abbiamo fatto un pezzo di strada insieme, poi lui se n'è andato ma mi ha tenuto per mano, sempre. Era con me, vicino a me. E lo sentivo dentro di me, quasi respirasse coi miei polmoni e si nutrisse del mio stesso sangue. Ero lui, oppure lui era me. In quei momenti era vivo, e ci potevo parlare, e lui mi rispondeva. Mi diceva come fare, è stata la mia guida e mi ha portato fin qui. Se ho deciso di smettere è perché adesso Massimo ha bisogno di me. Mio fratello ha avuto la sfortuna di non capire papà, di non essere amato da lui come lo sono stato io. Ora il destino della famiglia Sini è nelle sue mani. Dovrà dimostrarsi forte, raccogliere i frutti maturi e guardare in faccia le persone con coraggio. Io e papà gli staremo sempre accanto, non lo abbiamo mai abbandonato. Anzi, lo abbiamo elevato a una vita migliore, più degna di lui.

23 aprile, martedì. Ore 16.30

«Pronto? Cercavo il commissario. Sono il fratello.»

Imbarazzo all'altro capo del telefono.

«Il commissario non c'è, Pietro.»

«Va bene. È in città?»

«Sì. È appena uscito. Una cosa urgente...»

Pietro abbassa il telefono. Non c'è più tempo. Gli manca ancora un dettaglio.

«Rai redazione regionale dica pure...»

«Sono Pietro Sini, giornalista... ho bisogno di sapere dove alloggia il collega Giorgio Iatta qui all'Aquila. È urgente...»

«Un momento in linea, prego.»

Passa un minuto di musichette e silenzio.

«Dica?»

«Sono sempre Sini, cercavo...»

«Ah sì. Subito...» Un'altra pausa. «Allora Iatta lo trova all'albergo del Sole. Vuole il numero?»

«Sì grazie... in fretta, per piacere, è urgentissimo.»

«Eccolo qui... allora 340023.»

Pietro abbassa senza ringraziare. Compone il numero. Aspetta un paio di squilli.

«Forza, forza, forza!» digrigna fra i denti.

«Albergo del Sole, posso esserle utile?»

«Giorgio Iatta per favore...»

«È in stanza... attenda in linea, prego...»

Passano venti secondi. Pietro sente delle scariche alla cornetta, poi la voce di Giorgio Iatta si materializza.

«Sono Iatta, chi è?»

«Pietro... Pietro Sini.»

«Che sorpresa! A cosa devo?» la voce sempre incrinata dal sarcasmo.

«Senti Giorgio, ho una proposta da farti.»

«Sono tutt'orecchi.»

«È uno scoop!»

«Mi puzza... un collega che mi regala uno scoop?»

«Te lo devo... ricordi? Sei stato il primo a immortalarmi sul giornale... 1976... il mostro delle Cinque Terre... ero il figlio.»

Dall'altra parte silenzio. Iatta sta pensando.

«Lo so chi sei Pietro... perché tiri fuori quella storia adesso?»

«Per farti capire che puoi fidarti di me, Giorgio. È il secondo scoop che ti regalo.»

«Non ti seguo. Tu sei un giornalista, fallo tu!»

«Tu sei della televisione, le immagini corrono prima. Io non ho nessun interesse.»

«Dimmi un po'?»

«Via Federico II al numero 45. Il commissario sta per arrestare il mostro!»

Silenzio.

«Come cazzo fai a saperlo?» ma si sente che la voce di Iatta è eccitata.

«È mio fratello! Fidati di me, e portati la telecamera, chiedi la diretta. Non te ne pentirai. Se mi sono sbagliato ti pago i danni.»

Silenzio. Iatta non si fida ancora.

«Cos'è, una vendetta dopo tanti anni?»

«Al contrario. Se fai quello che ti dico, stai ripagando quella puttanata che facesti a me e a mio fratello. Perché è un favore personale che ti chiedo. Un grosso favore. Tu sei bravo, e mi fido solo di te.»

Silenzio.

«Non capisco. Che razza di favore è?»

«Te lo dico subito. Mandi in onda mio fratello che arresta il mostro! È un favore... di famiglia, diciamo.»

«Va bene... allora via Federico II, al 45...»

«Corri!»

«Corro!... Pietro?»

Ha la voce rotta.

«Guarda che se me lo stai mettendo nel culo...»

«Parola mia, è il più bel regalo che ti si possa fare. E che tu puoi fare a me... Ma adesso sbrigati!»

Pietro abbassa la cornetta. Si alliscia i capelli. Scende le scale e torna nella stanza del computer. Moquette grigia dappertutto, macchiata, e il puzzo della morte che ha intriso le pareti. Si siede e riprende a scrivere...

Strano, ora che è tutto finito non sento più gli odori. Non ce ne sono. Fuori piove, dei lampi illuminano la mia finestra e il ticchettio della tastiera del mio computer è l'unico suono che mi accompagna. Dovrei spiegare tante cose a Massimo. Non pretendo che capisca, spesso durante la mia vita anch'io non ho capito tante cose.

Caro Massimo, non sono un infermo. Sono un uomo e come me ce ne sono tanti, che magari per strada hai incontrato sotto un ombrello o davanti alla cassa di un cinema. Qualcuno di noi è anche penetrato nelle case della gente cosiddetta normale. Ha amato una loro figlia, una cugina. Eppure, da qualche parte, magari in un angolo poco illuminato, la sua faccia diventa quella vera. Non la guardare, Massimo. Dentro ci sono tutte le paure del mondo. Noi andiamo in giro con l'orrore sulle spalle. Ma ci siamo abituati, non ci spaventa. Ne siamo parte, anzi spesso ci fa compagnia. Lo portiamo fuori a prendere una boccata d'aria e ogni tanto a fare una passeggiata. Sei tu, magari, che non sei abituato a vederlo. Ma è ovunque. Facci attenzione.

Ho ucciso. Cinque volte. Sono andato oltre l'ostacolo, oltre le colonne d'Ercole. Ma è una necessità. È come mangiare e bere. Dal momento che ti rendi conto che puoi farlo, lo fai e basta. Il cielo diventa la terra, e la terra il cielo, i piedi in testa e voli fendendo le stelle...

Ha smesso di piovere.

Eccole! Le sento. Sono le sirene della polizia. Mi affaccio... Iatta è venuto col pulmino e ha acceso i fari. Caspita, siamo in diretta. Fra poco busseranno. Massimo sarà davanti a tutti col suo cappotto di pelle nera. È lui l'eroe, il campione. Verrà promosso e Gloria tornerà da lui. Con le bambine. È tutto calcolato, tutto voluto. Ho cambiato il suo destino. Gli ho fatto un grande regalo, ci metterai a capirlo, Massimo, ma è amore puro, il mio. Entrerai da quella porta e mi metterai le manette. Io le accetterò, non come ha fatto mio padre. Lui mi ha insegnato tante cose. Ma adesso si fa a modo mio. Anche se lo ringrazierò per sempre e lo porterò sempre con me. Fino al giorno che i miei occhi si chiuderanno su questo mondo. Allora tornerò a essere niente, come prima di nascere. La vita è legata a un filo, l'ho già detto. Siamo vivi per caso e per caso ce ne andiamo.

Quello che c'è nel mezzo, è puramente casuale.

Bussano...

È il 23 aprile, un martedì, e sono le 17 e 35. La primavera è arrivata dopo l'acquazzone, ultimo colpo di coda dell'inverno. Il sole splende e sta sciogliendo le cime delle montagne. Ha finalmente avuto la meglio sulle coltri di nubi e i venti invernali.

Ricomincia la vita. I bambini tornano a giocare nei giardini. Felici. Gridano come gli uccelli migratori che riprendono possesso dei nidi abbandonati l'anno prima. Il sangue scorre di nuovo nelle vene, i cuori battono, e gli animali si svegliano dal letargo e danno inizio ai corteggiamenti.

Un uomo dai capelli lunghi esce da un portone ammanettato. Urla mentre i due agenti di polizia lo stanno spingendo dentro la macchina. «Massimo!» il grido risuona per la strada centrale davanti a un paio di passanti che guardano la scena e a qualche negoziante che ha interrotto il lavoro per affacciarsi sulla porta della bottega. «Massimo!»

La macchina della polizia parte spalmando chili di copertone sull'asfalto e seguita da due Alfa nere, lascia via Federico II fra l'ululato delle sirene. Dentro, ammanettato, l'uomo coi capelli lunghi continua a urlare e a dimenarsi. Un giornalista per poco non viene investito insieme alla sua telecamera.

All'angolo della strada, silenzioso, un uomo osserva la scena. Nonostante la temperatura sia salita, ha indosso una giacca tre quarti di pelle. Sembra un metronotte. Ha un po' di pancia e gli occhi pieni di lacrime. Aspetta che le volanti si disperdano nel dedalo delle stradine medievali del centro poi si volta e si incammina verso il duomo.

Attraversa il parco giochi del castello. Due fratellini si lanciano nell'aria appesi alla catenella di un'altalena. Ridono. Stanno facendo una gara a chi va più in alto. Magari fin sulla luna. L'uomo li guarda. Si asciuga le lacrime con la mano. Si accende una sigaretta. Poi sale su una vecchia Opel Station Wagon, mette in moto e torna a casa.

Lo stanno aspettando.

Ringraziamenti

Volevo ringraziare innanzitutto mio padre Francesco e mia madre Giovanna, che mi hanno regalato le cose più belle della mia vita.

Mia sorella Laura che è bionda con gli occhi azzurri... «Cioo' sai, sì?»

Marco che ne sa sempre più di me.

Jacopo, Giovanni e Giulia che sono il sole e la luce.

Lorenza, della cui stima e generosità non potrò mai fare a meno.

Nic che mi ha fatto capire che scrivere può essere un bellissimo gioco. Anche perché non ti devi necessariamente collegare su internet per farlo.

E poi, ultimi ma non per ultimi, un grazie sincero a Martina e Massimiliano che hanno creduto in questo libro fin dall'inizio.

A tutti loro va la mia riconoscenza.

Un ricordo

di Martina Donati

Nell'estate del 2004 ricevetti un libro. O come si chiamavano allora, un manoscritto – parola che oggi fa intenerire, come «fax» o «carta carbone» – ma che aveva un'aura rituale, quasi sacrale. A farmelo avere fu l'amico Niccolò Ammaniti, con cui Antonio Manzini aveva appena scritto un racconto per *Crimini*, un'antologia, un manifesto non dichiarato del noir italiano. Ci incontrammo per un caffè (o forse era un cappuccino, ma preferisco ricordarlo nero e amaro, come si confà ai momenti cruciali), e Niccolò mi passò il plico manco fosse refurtiva: «Leggilo. È forte. L'ha scritto Manzini».

Io Manzini lo conoscevo appena: l'avevo visto a cena con sua moglie Toni a casa di Niccolò e Lorenza, eloquio brillante, un sorriso da attore consumato e quella leggerezza che spesso maschera una profondità timidamente nascosta. Sapevo che faceva l'attore e lo sceneggiatore. Ed ero già terrorizzata. Non tanto dalla trama – ero avvezza ai thriller – ma dall'eventualità, concreta, che mi trovassi di fronte alla classica sòla travestita da innocuo consiglio. Perché, si sa, la raccomandazione di un amico è come un campo minato: se anche solo ti azzardi a non accoglierla, saltare in aria è un attimo.

Iniziai a leggerlo la sera stessa. Ero incinta, agli sgoccioli, dormivo male – oppure per niente – e quella fu una delle poche volte in cui l'insonnia si trasformò in una silenziosa alleata. Perché *Sangue marcio* mi prese subito. Nonostante non potessi staccarmene, ero sospettosa e, come una rabdomante, pagina dopo pagina, cercavo la falla, il passo falso, la sbavatura di tono o di senso. Invece la scrittura di Manzini mi avvolse come una coperta di lana grezza: pizzicava, ma scaldava tantissimo. Era viva, ruvida, onesta. I personaggi – Pietro e Massimo – dolorosamente veri. Leggevo e non riuscivo a smettere. Alla fine dell'ultima pagina stava albeggiando, e io ero ancora lì, sul divano, col pancione, i fogli sparsi sulle gambe, a chiedermi se fossi più colpita dalla bellezza del testo o dal fatto che Niccolò mi avesse davvero offerto una gemma (e non una trappola). Per un attimo sospettai che fosse farina del suo sacco – uno scherzo – ma quasi subito dopo aver formulato quel pensiero realizzai che la pigrizia di Niccolò rende improbabile qualsiasi complotto che implichi uno sforzo. No: era un'altra voce. Era Antonio.

Quel ragazzone ironico e gentile aveva scritto qualcosa che doveva essere pubblicato. E così fu: *Sangue marcio* uscì l'estate seguente per i tipi di

Fazi, dove all'epoca lavoravo. Da allora, tante cose sono cambiate. I dattiloscritti hanno ceduto il passo ai pdf. L'enorme pancia che mi teneva sveglia si è trasformata in un sangue misto che oggi vive in Olanda e studia acqua e suolo.

Ma soprattutto, dall'immaginazione di Antonio Manzini, dopo una seconda prova narrativa, è uscito Rocco Schiavone. Uno dei personaggi più intelligenti, fuori dagli schemi e irresistibilmente umani del panorama letterario. Ironico, acido, malinconico: un poliziotto con l'anima rotta e l'etica storticgnaccola, che ci ha insegnato che dietro ogni cinismo può nascondersi un dolore, e dietro ogni battuta, un abisso.

Eppure, le radici di tutto stavano già lì, dentro *Sangue marcio*. Una storia che non faceva sconti, ma nemmeno prediche. Un esordio vero, potente. E, per me, anche un legame: quello con Antonio. In questi vent'anni, oltre ai suoi libri che hanno raccolto enormi consensi fino a diventare autentici fenomeni culturali, a me ha regalato una cosa ancora più preziosa: la sua amicizia. E la certezza che, nei momenti di rottura di coglioni livello 10, la vita, con lui intorno, sarebbe stata decisamente più bella.

Grazie, Antonio. A rileggerti ancora.

Certificato PEFC
Questo prodotto è realizzato con materia prima da foreste gestite in maniera sostenibile e da fonti controllate
PEFC
PEFC/18-31-226
www.pefc.it

GRAFICA VENETA
CARBON NEUTRAL

Questo libro è fabbricato da Grafica Veneta S.p.A.
con un processo di stampa e rilegatura certificato 100% carbon neutral
in accordo con PAS 2060 BSI

Finito di stampare nel mese di maggio 2025
su carta holmen
con fibra vergine proveniente da foreste sostenibili holmen.com/paper
presso Grafica Veneta S.p.A.
Via Malcanton, 2 – Trebaseleghe (PD)
Printed in Italy